天城幸久

真瀬美波

靴箱から昇降口の床に投げ出される靴たちはどれも似通っていた。黒のローファー一色だったものが、「冬」が来てティンバーランドのブーツやヌプシブーティーに置き換わっただけのことだ。校則で決められているわけでもないのに、誰もがなんらかの規範にしたがっているように見える。

天城幸久《あまぎゆきひさ》はヌプシもどきの防寒ブーツに足を押しこんだ。化繊綿の詰まった足首まわりを抜けると、がっしりした靴底にぶつかる。最初はカジュアルな見た目が学校の制服に似合わないように感じていたが、いまではもう気にならなくなった。

外に出ると、光景が曇り空の色に染めあげられた。地上は雪に覆われ、早く下校した者たちの足跡がかすかに道のありかを示す。裸になった並木の枝が空を黒く突きあげていた。

グラウンドを迂回《うかい》して校門に続く道を行くと、雪煙混じりの風が強く吹きつけてきた。幸久はダウンジャケットのポケットからマスクと手袋を取り出して着けた。

グラウンドではお揃《そろ》いのウインドブレーカーを着た陸上部員たちが雪に足を取られながら走っていた。幸久のとなりを歩く今関慧《いまぜきけい》が険しい表情でそれを見つめた。

彼の所属するサッカー部は雪のせいで全国大会の予選が中止になってしまった。目標を失った友人の気持ちは部外者の幸久《ゆきひさ》にも察することができた。三年生が引退して慧《けい》たち二年生が中心となる新チームで臨むはずの大会だったので、そこにかける意気込みは相当なものがあったはずだ。

「明日リモートかな」

幸久はふと思いついたというふうな口調でつぶやいた。ふりむいた慧の表情が心なしか緩んだように見えた。

「予報じゃ夜中に大雪降るって。たぶん電車止まる」

「横須賀《よこすか》線って大雪に弱すぎじゃね？　マジクソだわ」

ふたりの前を歩いていた片山恒太朗《かたやまこうたろう》がうしろ歩きになりながら言った。幸久と慧は目を見交わし、笑った。

「こんな状況想定してないから仕方ないだろ」

「おまえクレーマーの素質あるよ」

慧が雪を蹴《け》って飛ばす。恒太朗は大袈裟《おおげさ》に飛びすさってそれをかわした。

校門を出て駅に向かう途中で、いつものコンビニに寄った。

三人で店に入って一人だけ何も買わないのは変なので、幸久は特に飲みたいわけでもないのにコーヒーを買った。

イートインスペースはないので外に出る。ぐっしょりと露が置いたガラス窓の前に立つと、軒下の地面は白く凍りついていた。

「寒《さ》みー」

慧が足踏みして体を揺らしながらメンチカツにかぶりついた。幸久はコーヒーで温められた息を吐き出した。今日の最高気温はマイナス五度で、吐く息が気持ちいいほどに白かった。

「マジ寒みー。体の芯《しん》から冷えるー」

恒太朗がカップのバニラアイスを食べながら言う。幸久と慧は吹き出した。

「いやアイス」

「この寒いのにアイス食うとかイカレてんな」

ふたりにツッコまれて恒太朗は木のスプーンを口にくわえた。

「冬はアイスだろ」

「それ家の中の話な」

慧がメンチカツの紙袋を握り潰《つぶ》した。

「冬」ということばの意味が狂ってしまっていると幸久は思った。神奈川の冬はこんなに寒くなかったし、十一月に雪は降らなかった。

ことばではなく世界の方が狂っているのかもしれない。そうした状況をみんなが受け入れつつある。幸久にはそれが耐えがたかった。

駐車場の向こうの道を彼と同じ横須賀西《よこすかにし》高校の生徒たちが通り過ぎていく。彼は手の中のコーヒーが冷めていくのを感じながらそれを眺めた。

見おぼえのある四人組が彼の視界を横切ろうとしていた。けたたましい笑い声が駐車場を渡って彼のもとにも届く。それは雪に埋もれた住宅街に響き、かすかな華やぎをそこに添えた。

女子の靴は男子のそれ以上に多様性を欠いていた。四人ともショート丈のムートンブーツを履いている。スカートの下が生足《なまあし》なのもいっしょだ。アウターはばらばらで、コートだったりボアフリースのジャケットだったりダウンだったりした。色とりどりのマフラーは長さも幅もまちまちだった。

さっきまで同じ教室にいたというのに、彼女たちはいま、とても遠い存在に思えた。周囲の世界に目もくれず、四人だけに通じる話題で盛りあがっている。この「冬」が自分たちの魅力をさらに発揮するいい機会だとでもいうように好きな服をこれまで以上に着こんでいる。幸久《ゆきひさ》は彼女たちを見つめながら紙コップに口をつけた。コーヒーは熱を失って甘みも薄れたように感じられた。

ふいに、彼女たちの一人が幸久に目を向けた。

「じゃあね」

真瀬《まなせ》美波《みなみ》がダッフルコートのポケットに入れていた手を出し、幸久たちの方に向けてひらひらと振った。袖《そで》の先からのぞく指は白く、それなのにまわりの雪景色からは鮮やかに浮きあがって見えた。

彼女と並んで歩いていた女子三人がおしゃべりをやめ、怪訝《けげん》そうな目で友人を見る。

幸久はコーヒーのカップを持つ手を挙げて彼女に応《こた》えた。

「おー」

「じゃあな」

恒太朗《こうたろう》と慧《けい》も手を振る。美波はそれを見て小さくうなずくと、コートのポケットにふたたび手をつっこんだ。

彼女たちが横断歩道を渡っていくのを見送って、恒太朗と慧は顔を見合わせた。

「俺、真瀬とはじめて話したかも」

「やばくね？　もう十一月なんだが」

「いや無理でしょ、あの人は。なんか怖《こ》えーじゃん」

「まあわかる。変な圧あるよな」

クラスの中心グループにいる女子に声をかけられてふたりは声を弾《はず》ませている。幸久は通る車もなく空っぽな横断歩道を見守った。

電車で帰宅する友人二人とは駅前で別れた。

幸久は駅前ロータリーのバス停に立ち、あたりを見渡した。同じバスに乗って帰る横須賀西高校の生徒はいないようだった。バス停の屋根の雪おろしをしたのか、歩道の上に雪の山ができている。車道はタイヤで荒れて、薄汚れたみぞれ状になっていた。

やがてバスがやってきた。タイヤのチェーンが路面のみぞれを乱暴にかき混ぜて停まる。乗車して椅子《いす》に座った幸久《ゆきひさ》はふしぎな安らぎをおぼえた。バスは体を揺らし、大きな音を立て、雪を蹴《け》立てて進んでいく。内部には暖かい空気を充満させる。まるで大きくて優しい獣のようだ。幸久は親しみをこめて毛足の長い座席のシートを撫《な》でた。

歩道がアーケードに覆われた駅前商店街を抜けると、窓に映る建物が次第にまばらになってきた。雪をかぶった低い山がその間に見える。横浜に住む恒太朗《こうたろう》には田舎だと笑われそうだが、幸久にとってはこれも親しみを感じる光景だった。

いつもの停留所でバスを降り、国道をすこし歩いて脇道《わきみち》に入る。車一台通るのがやっとの細い道だ。両側に立つ塀《へい》の陰になって路面が凍りついている。ほんのわずかにくだる坂で、ふだんならそれと気づかぬほどだが、いまは雪のせいで傾斜をはっきりと意識する。幸久は足を滑らせたときに備え、腕をひろげて歩いた。

右手にがっしりとした金属の門が見えた。高校の正門に似た、縦格子のスライド式だ。門の向こうの道は林の奥に続いていて、視線はそこで遮られる。

幸久は冷たくて重たい門を開け、中に入った。幅の広い道だが轍《わだち》はなく、一対の足跡が堂々と中央を通って奥へと続いていた。それにしたがって歩く。

木々の間を抜けると、ひらけたところに出た。特徴的な屋根を持つ黒っぽい建物がある。紙飛行機を作る途中で紙をひろげたような、山折り谷折りで凸凹した屋根が地面まで斜めに続いている。下半分が雪に埋まっているため、それほど高さを感じさせない。正面は全体がガラス張りになっている。ここは丘の上なので、建物の中から海を見晴るかせるはずだった。だがいまはガラスが雪に塞《ふさ》がれてそれも叶《かな》わないだろう。

幸久は玄関のチャイムを鳴らした。雪だまりに突き立てられた雪かきスコップの柄をつかんで揺すってみる。ここに来るまでの道はきれいに除雪してあった。

玄関のドアが開いた。

「早いね」

真瀬美波《まなせみなみ》が制服姿のまま、ドアを押さえていた。

「意外とすぐバス来た」

幸久は彼女に代わってドアを手で支えた。

コンビニの前で見かけたときより美波は背が低く見えた。幸久を見あげる瞳《ひとみ》は色が淡く、それが目を縁取る睫《まつ》毛《げ》の黒さを強調していた。

中に入り、ドアを閉めると、屋外よりかえって寒く感じられた。二階まで吹き抜けになった玄関ホールは暗く、高い天井の下で静けさが反響して幸久の鼓膜を打った。

美波が出してくれたスリッパを履いて彼は家にあがった。樹木を抽象化したような形のポールハンガーがあって、美波《みなみ》のダッフルコートやピンクの長いマフラーがかかっていた。幸久《ゆきひさ》はダウンジャケットを脱いでそこにかけ、リュックをその根元に立てかけた。

壁から踏板が突き出ただけの頼りない階段をのぼりながら彼は暗いリビングを見おろした。窓に向かって置かれたソファからも鏡みたいな天板のキッチンカウンターからも、人の生活に伴う熱や湿り気のようなものが立ちのぼってはこなかった。ガラス窓の向こうには雪が積もっていて、家の中からはその断面が見えた。

家全体が吹き抜けになっているせいで、二階はとても狭かった。階段をのぼりきったところにテラスのような空間と部屋がひとつあるだけだ。その部屋に入ると、明るさと暖かさに体が浮きあがるような錯覚におちいった。

部屋は八畳ほどの広さで、ベッドとこたつとテレビラックに床のほとんどが占められていた。この家の他の箇所と同じく、この部屋のインテリアもシンプルで上質そうだったが、こたつ布団だけが色の多く使われたキルトふうのデザインだった。

「こたつ点《つ》いてるよ」

美波に促され、幸久はベッドを背もたれにして腰をおろし、こたつに足を入れた。気づかないうちに冷えきっていたようで、熱を浴びると爪先《つまさき》がじんと痛んだ。

「コーヒー飲む?」

美波が床から電気ケトルを取りあげた。幸久は首を横に振った。

「さっき飲んだばっかだから」

彼のことばに反応を示さず、美波は部屋を出ていった。

幸久はこたつの中に手を入れ、掌《てのひら》をこすりあわせた。天板の下からこたつの作動音が低く聞こえてくるほどに静かだった。階下の天井が高いためか、この部屋はふつうの高さなのに狭苦しく感じられた。急に息が詰まるような思いがして、彼はこたつの上に整然と並べられたリモコンの中からテレビのそれを取り、電源を入れた。

ニュースともワイドショーともつかぬ番組が映し出された。どこかの大学の教授が「冬」の来た原因について説明していた。彼女の紹介する説は、火山活動が沈静化して大気中に放出される二酸化炭素が減ったために温室効果がなくなり、地球が冷えこんだというものだった。似たような話は幸久もこれまでに数えきれないほど見たり聞いたり読んだりしたが、肝心の「冬」がいつ終わるのかということについては誰も明確な答えを教えてくれなかった。

美波がお盆を手にもどってきた。お盆の上には電気ケトルとマグカップとハーゲンダッツの小さなカップが置かれていた。ケトルを電源プレートにセットして、彼女は幸久の向かいに座った。

「アイス食べてんの見たら私も食べたくなった」

蓋《ふた》を取ってスプーンを突き立てるが、まだ硬いので表面を削り取るだけだった。それをかき集めて口に運ぶと、彼女はとろけたような笑みを浮かべた。

幸久《ゆきひさ》は自然と頬《ほお》が緩むのを感じた。

「こんな寒いのによく食えるな」

「冬はアイスでしょ」

「同じセリフをさっきも聞いた気がする」

美波《みなみ》がアイスを食べる背後ではアナウンサーが「今日からできる三つの省エネテクニック」というものを紹介しはじめた。「冬」が来て以来、暖房需要で電気代と原油価格は上昇し続けていた。

体をひねってそれを観《み》ていた美波がこたつの上のリモコンを取ってエアコンに向けた。電子音が鳴って温風が強くなる。

「やっぱ寒いんじゃん」

幸久のことばに彼女は答えず、アイスを食べ続ける。

「幸久も食べる？」

「何味？」

訊《き》かれて美波は蓋《ふた》を裏返した。

「Rich Milk」

「急にいい発音」

「これ好きなんだ」

「バニラとどうちがうの？」

「んー……味？」

「でしょうね」

美波が立ちあがり、幸久のとなりに来た。お尻《しり》で彼を押しのけ、むりやりこたつの中に足を入れる。

「ん」

彼女の差し出すスプーンを幸久はくわえた。

「うーん……バニラより香りがきつくないな。素直な甘さって感じ」

「あーね」

美波はアイスを一口食べてまた彼に差し出してきた。口に含むと、アイスの冷たさよりもスプーンのぬくもりの方を強く感じた。彼の口から抜き取られるスプーンがその膨らみで舌を撫《な》でていった。

美波がまたアイスを近づけてきた。幸久が食べようとすると、彼女はスプーンを引いて自分の口に入れる。次に来たら逃さないよう、彼は顔を彼女に近づけた。彼女はカップから最短距離でスプーンを動かして口に滑りこませる。

幸久はそこを唇《くちびる》で塞《ふさ》いだ。スプーンが引き抜かれると、あとには柔らかい感触だけが残った。冷たく甘いものはすぐに去り、ざらざらの舌がこすれあうだけになる。消えたアイスの行方は、彼女が吸ったのか、自分の喉《のど》に流れこんだのか、さぐっていくと苦い唾液《だえき》に突き当たる。

唇《くちびる》が離れた。彼女の瞳《ひとみ》がすぐそばにあった。退屈な日常の中でとりとめもなくほどけた自己の像がその視線の先で結ぶと思った。幸久《ゆきひさ》は指で彼女の頰《ほお》を撫《な》で、そこにかかる髪を掻《か》きあげ、熱い耳朶《じだ》をつまんだ。顎《あご》のラインをたどり、先端に行き着いて持ちあげる。ふたたび口づけると、さっきの苦みは消え去り、甘い。

電気ケトルのスイッチが切れる音がした。美波《みなみ》が立ちあがってマグカップにお湯を注ぎに行く。幸久のとなりにもどってきた彼女はスプーンでインスタントコーヒーの粉をかき混ぜるだけで、砂糖もミルクも入れようとはしなかった。

「ブラック?」

「アイス食べながら飲んだらちょうどいい」

彼女に言われて幸久も試してみたが、甘みと苦み、冷たさと熱さが極端すぎて、どこがちょうどいいのかよくわからなかった。

彼はとなりにいる彼女を見つめた。

華やかな顔立ちに濃い睫毛《まつげ》が不思議な翳《かげ》を落としている。彼女がすこし唇をとがらせ、マグカップに口をつける。幸久はその唇の柔らかさを知っている。それだけで世界の謎《なぞ》がすべて解ける気がした。

美波が幸久の肩に頭を預け、スマホをいじる。

「明日リモートかな」

「夜中に大雪降るらしい」

「じゃあ電車もバスも止まっちゃうね」

最初のうちは休校になったらとにかくうれしかった。家の中はちょっと寒いけれど、遅く起きて雪景色を窓から眺めれば、その非日常ぶりに心が浮き立った。それがやがて日常になり、喜びは薄れた。いまでは「いつまでこんなことが続くのか」という不安が先に立つ。

「リモートになったら、うちに来なよ」

スマホの画面を見つめたまま美波が言う。「いっしょに授業受けよう」

幸久はうなずいた。

「そろそろ帰る。バイトの時間だ」

「うん」

彼女の重みが肩から去った。ぬくもりとかすかな湿り気がそこに残った。

部屋を出ると、来たときよりも寒さと暗さが増していた。人気《ひとけ》のない家の中は森の奥や地の底なんかよりも不気味だと幸久は思った。彼を急《せ》きたてるように美波が背中を押した。

玄関で幸久が防寒靴を履いていると、となりで美波がサンダルをつっかけた。無防備な爪先《つまさき》を晒《さら》して幸久に先立つ。彼女の開けてくれたドアを幸久はくぐった。

「また明日」

「うん」

戸口から吹きこむ風に彼女は身を震わせた。

「アイスで体冷えた」

「それもさっき誰かが言ってたな」

彼女に別れを告げ、幸久《ゆきひさ》は歩きだした。きれいに除雪された道にも雪は残り、踏むとさくさく音を立てて足が沈んだ。ここもまた夜になれば雪に埋もれるのだと思うと虚《むな》しさが募った。

引き開ける門がさっきより重たく感じられた。

細い道をくだっていくと、さらに細くなる。車が入ってこられるのは美波《みなみ》の家のあたりまでだろう。塀《へい》が両側から迫る。右手にある丘がつねに視界に入り、この町を押し潰《つぶ》そうとしているかのように感じる。

幸久の家に門などはなく、道から入ってすぐ玄関の引き戸があった。

家の中は冷えきっていた。幸久もすぐに出かけるのでエアコンは点《つ》けない。

食パンで腹ごしらえをした。ジャムを塗ろうかとも思ったが、アイスの甘さが口に残っていたので気が乗らなかった。

私服に着替えて家を出る。家の前の細い道がやがて県道に合流する。

県道は県立美術館の周囲をめぐるような格好で緩やかにカーブしていた。街灯が無人の歩道に光を落としている。まだ五時前だというのにあたりはすっかり暗い。家並みが途切れて、駐車場の向こうに陸よりも暗い海が見えた。すぐそばにあるはずなのに波音は遠く聞こえた。

以前は自転車でバイト先のガソリンスタンドに通っていたが、いまでは雪のせいでまともに走ることができない。車道を行く車はすくなく、たまに通りかかると、足元を気にしてか低速で幸久を追い越していく。

サーフショップのシャッターがおりている。ここ最近は開いているところを見ていない。この出海町《いずみまち》にある釣具店やマリーナ、レストランなども同じように営業を取りやめていた。杜野《もりの》海水浴場が見えてきた。一面雪に覆われているせいで、その広さ、なだらかさが強調されている。端の方にある堤防はお気に入りの釣りスポットだが、いまは海の暗さに紛れて見えない。

浜辺に奇妙な影をみとめて幸久は足を止めた。街灯の光が雪に照り返し、四本の細い脚を闇《やみ》に浮かびあがらせた。角が根元からひろがり、枝分かれして、先端は暗い空を突く。

鹿《しか》なら修学旅行で行った奈良公園で見たことがあった。だがこれだけ大きな個体ははじめてだ。人が管理しているものとちがって角が生えているためにそう見えるのかもしれない。近くの里山から猪《いのしし》が餌《えさ》を求めておりてくるという話は聞いたことがあったが、鹿まで出るというのは驚きだった。

幸久は道からはずれて浜に出てみた。膝《ひざ》の下まで雪に埋まる。不格好に上体をふらつかせながら歩く彼とは対照的に、鹿はまっすぐ優美に立っていた。

彼に気づいた鹿《しか》が顔を向けてきた。黒い瞳《ひとみ》がまっすぐに彼を射る。吐く息が白く立ちのぼるのが見えた。頭のわりに大きな耳が威嚇《いかく》するようにひろがった。

五メートルほどの距離まで迫ったとき、鹿が前肢をびくりと震わせた。これ以上近づくのは無理だと悟って幸久《ゆきひさ》は静止した。写真を撮るため、ダウンジャケットのポケットからスマホをひっぱり出す。

電源ボタンを押してもスマホの画面は暗いままだった。何度押しても反応がないので長押ししてみると、バッテリー切れのマークが大きく表示された。寒さにやられてしまったようだ。幸久は舌打ちした。

それに驚いてか、鹿が動きだした。頭をめぐらせ、道路の方へ歩いていく。蹄《ひづめ》だけの小さな足を雪の中から引き抜き、また突き立てる。雪より白い尻《しり》の毛を幸久に見せながら鹿は進んでいく。その足跡を消そうとするかのように風が雪の粉を舞いあげる。

世界はもうすっかり変わってしまったのだと幸久は思った。この砂浜が雪に埋まるなんてことは以前なら考えられなかった。鹿が出るのもふつうではない。年明けからの異常気象は「観測史上初」だと連日のように言われていた。すこしたつと、「冬」が今後も続くのだという説が広まった。気温のあがらない夏、九月に降った雪がそれを裏づけることとなった。

誰の予想も超えたことだった。出海町《いずみまち》に雪が降り、サーファーも釣り客もヨットのオーナーも来なくなるなどということを一年前に公言していたら、頭のおかしな奴《やつ》だと思われたことだろう。多くの店や施設が打つ手なく苦境に追いこまれているのは見通しが甘かったからではけっしてない。「アリとキリギリス」のアリだって備えができるのはいつもの冬に対してのみだ。終わらない「冬」が来たなら、蓄えてある食料を食べつくして飢え死にするしかない。

幸久は海に目をやった。遠浅ゆえのおっとりとした波が打ち寄せる。波に洗われて雪が融け、浜の砂地があらわになっていた。そこだけは「冬」が来る前と変わらない。

彼はふと、あの鹿は餌《えさ》を求めてのことではなく、この海を見るために山からおりてきたのではないかと思った。波音の刻むリズムが沈みがちな心を優しく揺らす。暗くひろがる海面に吸いこまれそうになる。変わってしまった——ことによると終わってしまったのかもしれない世界から逃れ、別の世界に行けそうな気がする。

沖からの強い風に吹かれて幸久は我に返った。こんなところでぼんやりしていたらバイトに遅刻してしまう。スマホが点《つ》かないので現在時刻も確認できない。彼はスマホをダウンジャケットの下、パーカーのポケットに入れ、歩きだした。体温のこもった中に挿しこまれた冷たさが心まで届くと思った。

冬にそむく
石川博品
illust. syo5

第一章

スマホのアラームが鳴って幸久《ゆきひさ》は体を起こした。

布団から出てカーテンを開ける。曇り空の下でも雪の白さが目に痛かった。隣家の屋根に積もった雪が盛りあがって軒からこぼれ落ちそうだ。空からは雪が静かに降り続いている。

朝起きて窓の外を確認するのが日課になっていた。

幸久はスマホで天気予報のアプリを開いた。今日このあとはそれほどでもないが、昨夜はかなり降ったようだった。乗換案内アプリによれば、首都圏の電車はどれも運転を見合わせていた。

クラスのグループトークを見ると、学校から正式にリモートのアナウンスが出ていたことがわかった。同級生たちの反応は落ち着いたものだった。学校から歩いて数分のところに住んでいる者が「いまから学校行って内申点稼いでくる」と言ってみんなを笑わせていた。

リモートだからといって布団にもどって二度寝できるわけでもない。朝のホームルームはいつもと同じ時刻にはじまるし、その際には制服を着ていなければならない規則だ。幸久はため息をつき、スマホを机の上に置いた。

布団を押し入れにしまってから一階におりた。食卓では母がコーヒーを飲んでいた。夜勤明けなので目がしょぼしょぼしている。

「今日学校は？」

「リモートだって」

「私もう寝るから、お昼はお弁当ね」

台所の方を見ると、粗熱を取るために蓋《ふた》の開いた弁当箱が置かれていた。幸久の母は海沿いのリゾートホテルでフロントの仕事をしていた。三交代制のシフトなのでいつも息子と生活リズムが合わない。

幸久は茶碗《ちゃわん》にご飯をよそい、弁当に入れた残りの唐揚げと卵焼きを皿に取った。

「今日、友達の家でオンライン授業受けてくるわ」

幸久のことばに母は顔をしかめ、コーヒーカップを置いた。

「大雪警報が出てるのに？」

「もう解除された」

「でもまだ降ってるよ」

「近所だから」

幸久は卵焼きを口に放りこんだ。母はまだ眉間《みけん》にしわを寄せたままだ。

「西高の子？」

「うん」

「出海《いずみ》中でいっしょだった？」

「高校からこの辺に引っ越してきた奴《やつ》」

食事を終えた幸久《ゆきひさ》は食器を流しに運んだ。台所を出ようとする彼の背中に母が声をかけた。

「奨学金のこと、先生に訊《き》いといてくれた？」

「忘れてた」

彼は足を止めたがふりかえらなかった。「ホームルームのあとで訊いてみる」

洗面所で顔を洗い、歯を磨いてから二階にあがった。

どうせすぐに家を出るのだからと、自室のエアコンを点《つ》けていなかった。そのせいで冷凍庫の中のように寒い。幸久は震えながら寝間着を脱ぎ、制服を着た。いつもなら学校には履いていかないストライプの靴下を選ぶ。

まだ居間でテレビを観《み》ている母に一声かけてから家を出た。

家の前は昨日きれいに雪かきしておいたのに、いまはもう脛《すね》の半ばくらいまで積もっていた。幸久は玄関に立てかけてある雪かきスコップを取り、家の敷地から出る道を作った。

背後の引き戸を開ける音がした。

「ごめんね」

母が顔を出す。「帰ってきたとき疲れてたからそのままにしちゃった」

幸久は雪かきスコップをふたたび壁に立てかけ、ずれてしまったリュックを背負いなおした。

「傘持ってきな」

「うん」

差し出された傘を受け取り、彼は歩きだした。

細い道を行く者は彼以外になかった。みんな学校や会社が休みになったのだろう。オンライン授業だとかリモートワークだとか、去年までは聞いたこともなかったことばが使われるようになった。

他に誰も通らないのはこの細い道を行くのにちょうどよかった。ひとりで歩いていても傘の露先が塀《へい》にこすれて音を立てる。

玄関の引き戸の音を思い出す。子供の頃から、なんだか貧乏くさく感じられて厭《いや》だった。玄関を出たところの壁に張りついている行燈《あんどん》みたいな照明も、学校のプールみたいな色をした風《ふ》呂《ろ》場のタイルも、自分の部屋が和室なのも、他人には隠しておきたいものだった。死んだ祖父が建てた家だが、出海町《いずみまち》によくある、リフォームしてお洒落《しゃれ》な別荘やカフェに生まれ変わるタイプの古民家とはどこかちがうような気がした。

五分ほど歩くと美波《みなみ》の家に着いた。

門の前の雪がきれいに除雪されていることに幸久は気づいた。中に入ると、家に続く道の上の雪がすべて脇《わき》に寄せられ、小さな山脈のようになっていた。

玄関前で美波が腰を屈《かが》めて雪かきスコップを押していた。スノボウェアの上下を着てニットキャップをかぶった彼女は、雪国で生まれ育った人のように見えた。

「おはよう」

幸久《ゆきひさ》が声をかけると、彼女は顔をあげた。

「おはよう」

「これ、美波《みなみ》が全部やったのか？」

「他に誰もいないし」

彼女はすこしぶっきらぼうな口調で言う。寒さで頬《ほお》が赤くなっていて、わかりやすい恥じらいの記号みたいに見えた。

この家には彼女以外誰もいないし、訪ねてくる人もまた幸久以外にいない。つまり、彼女の雪かきは、半分は彼のためにやったものだ。

彼は「ありがとう」と言いかけたが、それを口にするのは自意識過剰な気がして、言わずにおいた。

彼女が咳《せ》きこんだ。スコップを杖のように突いて体を折り曲げる。

「だいじょうぶか？」

幸久は彼女に歩み寄った。彼女は手の甲で目をこする。

「寒いとき息吸うと喉《のど》がヒュッてなる」

「わかる」

彼女のあとにしたがって中に入った。

あいかわらず暗くて寒い家だった。空間にたっぷり余裕を持たせた間取りのせいで余計にそう感じられる。贅沢《ぜいたく》な造りで、自分の家を見たあとだと、これがふつうの住居ではなく別荘として建てられたものであることがはっきりわかった。リビングとキッチンが一体化した空間以外には二階に一部屋、そしておそらく一階にもう一部屋あるだけだ。週末や夏休みに家族で数日過ごすだけならこれくらいでも充分なのだろう。

美波の家族について、幸久は何も知らなかった。なぜ彼女はひとりで別荘に住んでいるのか、それについて家族は何と言っているのか、気軽に尋ねられるような関係ではまだない。そもそも自分と彼女の関係を何と呼べばいいのか、幸久にはわからなかった。

二階にあがると、着替えのために彼は締め出された。ドアを開けて出てきた美波はスノボウエアを脱ぎ、紺のブレザーとプリーツスカートというテいつもの制服姿になっていた。襟元にはネクタイを緩めに締めている。

部屋に入り、向かいあう形でこたつに入る。幸久はホームルームに備えて三脚式のスタンドにスマホを載せた。美波が正面でＭａｃＢｏｏｋを開いた。

オンライン授業用のアプリで自分の顔を映した。背景の壁と天井が明らかに他人の家だ。幸久はアプリの設定を開いてバーチャル背景を表示させた。最初は南国の青い海の画像に目が留まったが、いまの状況にそぐわない気がして、ヨーロッパの街並みを写したものにした。

「あっ、すごい」

美波《みなみ》がベッドに乗ってスマホの画面をのぞきこんでくる。「これだったら私がうしろにいるのバレんくない？」

「いや、よく見たら体と画像の間に隙間《すきま》あるから」

「どれ」

彼女が顔を近づけてくる。幸久《ゆきひさ》は彼女の吐息が耳にかかるのを感じた。

「この絵面こわっ。よく見たら俺のうしろに謎《なぞ》の女がいるんだけど」

「……ケタ……ミシ……ケタ……」

「本当に怖いやつ」

さんざんふざけたあとで美波は自分の席にもどった。

ホームルームがはじまって、担任の佐野夏美《さのなつみ》が画面に映った。担当の教科は体育で、学校ではいつもジャージを着ているが、いまはクルーネックのニットなのですこし違和感があった。

「はーい、じゃあはじめるよー」

手元やパソコンの画面を見ているせいか、佐野は伏し目がちだ。「みんないるかな。あれ？塩沢《しおざわ》がいない」

「リョウマはスマホの充電切れたんで、いまから親のパソコン借りてくるって言ってました」

江口陽《えぐちはる》の声がする。クラスのみんなが笑う。

「小林《こばやし》どうした？　マスクして」

佐野が小林朱莉《あかり》に声をかけた。

「今日、顔の調子悪くて」

朱莉の返事に笑いが起きる。美波も笑っていた。

小林朱莉はクラスの中心的な人物で、美波の友人だ。昨日、帰り際にコンビニの前で見かけたときにもいっしょにいた。

「俺、生まれたときから顔の調子悪いんだけど」

恒太朗《こうたろう》が言ってまたクラスが笑いに包まれた。彼はクラスの中心的人物というわけでもないのに物怖《ものお》じせず発言し、ときに笑いを取る。人前でしゃべるのが苦手な幸久には真似《まね》のできないことだった。

今日の予定について説明する担任の声に耳を傾けていると、膝《ひざ》に何かが当たる感触があった。こたつの中に手を入れてさぐってみたが触れるものはない。すこしすると今度は脛《すね》をこするものがある。顔をあげると、こたつの向こうで美波がいたずらっぽく笑っていた。幸久は笑い返した。

次の瞬間、すばやく手を伸ばし、彼女の足をつかんだ。柔らかい土踏まずに指が食いこむ。釣りあげられた魚のように彼女の脚は暴れた。幸久の手から逃れて、仕返しとばかりに彼の脚を何度も蹴《け》る。さすがにしつこく感じられたので、幸久はこたつ布団をめくって中を見た。

オレンジ色の光の下で、紺の靴下が黒く見えた。人の肌は狭い空間の中でもっとも明るく光を反射する。その奥に見えるものはオレンジ色の光に融けて何色なのかよくわからなかった。

美波《みなみ》が彼の脚を蹴《け》るたびにそれが見え隠れして、目が離せなくなる。

「天城《あまぎ》——」

スマホの向こうから名前を呼ばれて幸久《ゆきひさ》は顔をあげた。こたつの熱を浴びたせいか顔が火照っていた。

画面の中の佐野《さの》がパソコンのカメラに顔を近づけている。

「話聞いてる？　急に見えなくなったけど」

「あの、その……こたつが——」

「こたつ？」

「点《つ》いてると思ったら点いてなくて……」

幸久の嘘《うそ》にささやかな笑い声が返ってきた。佐野も苦笑している。

「こたつかあ。いいねえ。他にもこたつ入ってる人いるの？」

クラスの何人かが佐野の問いかけに応《こた》える。

「私も」

美波が小さく手を挙げた。幸久の視線に気づくと彼女はわざとらしく顔を背《そむ》けた。

ホームルームが終わった。

幸久は奨学金のことを訊《き》くよう母に言われていたことを思い出した。

「あの、先生」

声をかけると、キーボードを叩《たた》く音がやんだ。

「何？」

「ちょっと訊きたいことが――」

言いかけて彼は正面からの視線に気づいた。美波に家の事情を知られるのは恥ずかしかった。

「訊きたいことがあるので、あとでメッセージ送ります」

「はーい」

佐野の顔が画面から消えて、幸久は美波の方を見た。彼女は彼の方を気にするでもなくノートパソコンの向こうで伸びをしていた。

一時間目の教科は英語だった。教師が自宅からオンラインで授業をするというだけで、生徒の側がやることはふだんと変わりなかった。予習が前提なので、突然のリモートにも対応しやすいようだ。いつもなら癖のある字で板書するところがきれいなフォントで画面に表示されるので、教室での授業よりわかりやすいくらいだった。

英語担当の村野《むらの》とくらべて二時間目の世界史を担当する矢口《やぐち》はパソコンだとかオンラインだとかに慣れていないという話だった。授業はリアルタイムではなく録画したものを流す形式で行われた。

こちらの様子が向こうからは見えないので、美波《みなみ》はベッドに横たわり、頬杖《ほお》をついてパソコンの画面を見た。ベッドを背もたれ代わりにしていた幸久《ゆきひさ》はふりかえった。

「授業態度悪くない？」

「楽してると思ってる？　実はこれ、手がすごい疲れる」

彼女は仰向けに寝転がった。

矢口《やぐち》は五十代のベテラン教師だが、カメラの前だと勝手がちがうのか、動きも話し方も教育実習生のようにぎこちなかった。無人の教室で撮影したものらしく、声が反響している。そのことばは幸久の頭の中でも虚《むな》しく響き、あとには何も残らないような気がした。

「こんなことやってて意味あんのかな」

彼はつぶやいた。背後でベッドが揺れた。

「何？　反抗期？」

「オンライン授業で大学受かるようになる気がしない」

「とりあえずやるしかないよ。こんなの去年までなかったんだから」

幸久は自分の手を見つめた。

「俺たち、実験台みたいだ。これを参考にして下の奴《やつ》らのときはたぶんもっとうまくやる。でも俺たちはどうなるんだ？」

彼の手に美波の手が重なった。筋張って色も悪い爪《つめ》の間に滑らかでつややかな爪が割り入ってくる。彼女はうしろから覆いかぶさるようにして抱きついてきた。ぬくもりと柔らかさに包まれる。

幸久は大事なことを巧妙にごまかされているような気がした。だがこのぬくもりと柔らかさは「冬」が来てはじめて知ったものだった。いまでは「冬」の前に世界がどうだったかを思い出すことも難しくなっているように、このぬくもりと柔らかさを知る前のことも遠い過去のように思われた。

×　×　×

十月初旬の金曜日、バスを降りた幸久は冷たい風に身を震わせた。

短い夏のあとに秋は訪れず、九月に入るとすぐ雪が降ったので、体が寒さを受け入れられずにいた。

今年のコメの収穫は絶望的で、原油価格は上昇し続け、消費は冷えこんでいる。幸久の生活にいますぐ影響が出るわけではなかったが、世間の暗いニュースに彼の心も暗く沈んでいた。あいもかわらず晴れない空がさらに気を滅入らせる。

国道から細い脇道《わきみち》に入った。雪がすこし深くなる。

いつも閉まっている金属の門が開いていた。その向こうに真瀬《まなせ》美波の姿が見えた。ひとりで敷地の雪かきをしている。

彼女のことはよく知らなかった。二年生になってはじめて同じクラスになったが、所属するグループがちがいすぎて会話を交わす機会もない。

同じバスに乗りあわせることがあるので、近所に住んでいるということは知っていた。どこの中学出身なのかはわからない。出海町《いずみまち》にある中学校はふたつだけで、そこから横須賀西《よこすかにし》高校に進んだ者を幸久《ゆきひさ》は全員把握している。

美波《みなみ》はニューカマーなのかもしれないと彼は推測していた。出海町は移住者の多いところだ。スローライフだとかLOHASだとかいって東京あたりからわざわざ引っ越してくる。ここで育った幸久としては、電気もガスも通っていない山奥とかならともかく、こんなふつうの町にたいそうなものを求めすぎなのではないかと思ってしまう。

雪かきをする美波は制服姿で、雪かき用ではない、土を掘るためのスコップを使っていた。先がとがっていて、硬い雪に突き立てるのにはいいが、雪かきスコップよりも刃の部分が小さいので効率が悪い。

日本中で大雪が降ったために、いま雪かきスコップはどこでも入手困難になっていた。一万円を超える価格で転売されているという話もある。

息で手を温める美波と目が合った。幸久は小さく会釈をした。美波は目を見開き、きょとんとしていた。

すこし歩くと、住宅の門を塞《ふさ》ぐような雪山が見えた。住人ががんばって雪かきしたようだ。その裏側を見ると、雪の中にスコップが突き立てられていた。ふつうのものとちがい、柄の部分も金属でできている。

何気なく幸久はそれをつかんで引き抜いた。オレンジ色の刃を持った雪かきスコップだった。全体が金属製で、プラスチック製のものより道具としてのうつくしさがある。

彼は住宅の方を見た。古い建物だが、上半分だけ格子になった木の戸はあたらしい。二年くらい前にリフォームの工事が入っていたことを思い出す。

周囲を見渡す。敷地内にも道の上にも人の影はない。彼はスコップを肩に担ぐと、来た道をもどった。

美波はまだ雪かきをしていた。さっきよりもすこしだけ敷地の奥へと移動している。幸久は一度深呼吸をしてから門の内に足を踏み入れた。

「手伝う」

そう言うと、彼女の返事を待たず、雪にスコップを突き刺した。

「ああ……ありがと」

美波は当惑気味に応《こた》え、みずからも雪かきを再開した。

幸久は自宅の雪かきをするとき、ふつうのスコップを使っていたが、この雪かきスコップはそれよりずっと便利だった。四角い刃が雪の中でよく滑るし、たくさんの雪を一度にすくえる。

雪の降らないこの町で雪かきなんてしたことはなかったが、「冬」が来てからは多少の経験を積んでいた。それでも過酷な労働であることには変わりなく、次第に体が熱くなってきた。幸久《ゆきひさ》はリュックとダウンジャケットを道端に放り、作業を続けた。

ふたりは無言で道の奥へと進んでいった。林の間を抜けて、建物が見えてきた。小学生のとき、ここで工事が行われていたことを幸久はおぼえていた。きっとすごい豪邸が建っているのだろうと期待していたが、いま目《ま》の当たりにしてみると、敷地のわりにこぢんまりした家だったので拍子抜けがした。

玄関までたどりついて、ふたりは荒い息を吐きながら目を見合わせた。

「天城《あまぎ》くん――」

美波《みなみ》が赤くなった手をこすりあわせる。「私の名前わかる?」

「真瀬《まなせ》美波」

幸久は手袋を取り、掌《てのひら》で額《ひたい》の汗を拭《ぬぐ》った。

「よく知ってるね」

「同じクラスになってもう半年だから、さすがに」

彼が言うと、美波は小さくうなずいた。

「それ、どこで買ったの? なかなか売ってないよね」

彼女がスコップを指す。

「すぐそこで借りた。いまから返しに行かないと」

「じゃあ、私も行く」

彼女と並んで歩くことになった。幸久は最初に彼女に話しかけたときよりも緊張した。

さっき見た雪山のまわりをうろうろしている男がいた。濃い髭《ひげ》で顔の下半分が覆われていて、いかにも厳《いか》つい。

彼は雪山の裏側をのぞいたり、手で雪を掘り起こしたりしている。何かをさがしている様子だ。

「まずい……」

幸久はUターンしてスコップを腹に抱《かか》えた。

「どうしたの？」

美波が追ってくる。

「これ本当は借りたんじゃなくて勝手に持ってきたんだ。たぶんあの人が持ち主だと思う」

「ふーん」

美波は足を止めた。「貸して。私が返してくる」

「えっ？」

当惑する幸久の手から彼女はスコップをもぎとり、歩いていった。

男の前まで行くと、彼女はスコップを差し出した。ふたりは何事かを話しあう。幸久は遠くからそれを眺めていることしかできなかった。

やがて彼女はもどってきた。わずかに誇らしげな色をその顔に浮かべている。

「いい人だったよ。『いつでも使っていい』って言ってくれた」

幸久《ゆきひさ》は彼女の来た方向に目をやった。髭《ひげ》の男がスコップを手にしたままこちらを見ている。

「勝手に持ってったことを何て説明したんだ?」

「ふつうに『家の雪かきしたかったから』って。私むかしからこういうとき親切にしてもらえるんだよね」

「ああ……そうなんだ」

美波《みなみ》のほほえみに幸久はぎこちなく笑いを返した。

彼女はうつくしい。誰が見てもそうだ。きっと彼女自身もわかっている。それが幸久にはまぶしかった。

彼女の家までリュックとダウンジャケットを取りにもどる間、彼はとなりを行く彼女とことばを交わさず、うつむき加減に歩いた。


日曜日、部屋で勉強をしていると、遅番の母が帰宅した気配があった。幸久は一階におりた。

「見てこれ」

母が大きな雪かきスコップを手にしていた。居間の天井につっかえてしまいそうなほど柄が長い。

「どうしたの？」

「ハウスキーピングの田中さんがくれた。たまたまふたつ買えたんだって」

幸久はスコップを母から受け取った。プラスチックの赤い刃が安っぽく見えたが、持ってみると意外なほどに重かった。

翌朝、彼はすこし早起きをして家の前の雪かきをした。母がもらってきた雪かきスコップを使うと、専門の道具だけあって昨夜の雪をあっという間に片づけることができた。毎日毎日変わらぬ白で景色を染める「冬」に一矢報いてやったようで気分がよかった。

スマホの時計を見るとバスの時刻までまだ余裕があった。彼はスコップを引きずって緩やかな坂をのぼった。

美波の家の門は閉まっていた。下の方が雪に埋まっている。

幸久はあたらしい雪かきスコップの力を見せつけるように雪を門の前から一掃した。

縦格子門の上にも雪が積もっている。幸久はそれを素手で拭《ぬぐ》い落とした。肌に触れた金属は雪より冷たかった。

門の向こうは除雪がされていなかった。昨夜降った雪がまっさらなままで、足跡もない。

幸久はまたスコップを引きずって家にもどった。

美波はその日学校に来なかった。

休み時間、幸久《ゆきひさ》は彼女の友人である小林朱莉《こばやしあかり》や上田一華《うえだいちか》と何度も目が合い、そのたびに視線を逸《そ》らした。

翌朝、自宅の雪かきを終えた幸久はまた美波《みなみ》の家に行った。

乾いた雪がさらさらとダウンジャケットの上に降る。地面に積もる雪も心なしか軽く感じられた。門の内に一条《ひとすじ》残る足跡の輪郭が消えかけている。

雪を踏む足音が聞こえて幸久は顔をあげた。林の間を抜けて美波がやってきていた。制服のときと同じコートだが、下にはスウェットパンツを穿《は》いている。

彼女は門を挟んで幸久と向き合った。雪がなくなった門の外の地面に目をやる。

「昨日もやってくれた？」

「うん」

幸久はいたずらがバレた子供のような気分になって肩をすくめた。

「ありがと」

「別に。近所だから」

彼のことばに美波はほほえんだ。寝起きなのか、髪の毛がぺたっとしている。顔もすっぴんのようだが、睫毛《まつげ》はあいかわらず濃くて、目の大きさがいつも以上に強調されて見える。

「風邪引いちゃってさ。今日も学校休む」

そう言ってから彼女は咳《せ》きこんだ。

「だいじょうぶか？」

「たいしたことない。一応、今日病院行ってくる」

彼女は鼻をすすった。「スコップ、買ったの？」

「もらった。いいだろ」

「いいね」

彼女がほほえみ、林の方にちらりと視線を送った。会話が終わる気配を察した幸久はとっさに進み出て門をつかんだ。

「そっちの雪かきもやるよ」

「え？」

彼女がすこし当惑したような顔になる。「いいよ。悪いし」

「病院行くんだろ？　だったら歩きやすい方がいい」

「でも……」

幸久はスコップを勢いよく雪に突き立てた。

「本当はこれ自慢したいだけなんだけど」

「そっち？」

美波は笑って門を開けた。

幸久は敷地内に入って雪かきをはじめた。ことばどおり、スコップを見せびらかすように力強く雪を撥《は》ね飛ばす。美波《みなみ》がすぐそばに立ってそれを見ている。幸久《ゆきひさ》は手を止めた。

「俺やっとくから家に入っててていいよ」

「さすがにそれは悪いよ」

「いいから。病人は病人らしく寝といてくれ」

美波はわずかな逡巡《しゅんじゅん》ののち、「ありがと」と言って家の方にもどっていった。

幸久は作業を再開した。雪かきスコップがあっても骨の折れる仕事だった。敷地が広いのも考え物だと彼は思った。

なんとか玄関までたどりついて彼は一息ついた。前面が総ガラス張りになっている家は暗く、人の気配がなかった。ドアを開けて出てくる者もない。彼女の親なんかが出てきたら気まずいだろうと思っていたので、彼はすこし安心した。

閉ざされた門の向こうの、ずっと見てみたかった家の前で、いま彼はひとりでいる。ずっと遠い存在だった美波の家の前に正当な理由を持って立っている。この町の秘密と彼女の秘密、ふたつ同時に触れられた気がして彼は達成感に包まれた。いつの間にか髪に積もっていた雪を払い落とし、彼は帰路についた。

翌朝、また美波の家に行ってみると、門が開いていた。

幸久は門の外に立ってすこしの間様子をうかがっていたが、意を決して中に入った。

林を抜けると、美波が雪かきをしていた。ダッフルコートにスカートで、学校に行くときの服装だ。

「体調はどう？」

幸久が声をかけると、美波は地面に突いたスコップに寄りかかった。

「病院でもらった薬飲んだら熱さがった」

「それはよかった」

病みあがりの彼女に無理をさせるわけにはいかないので、幸久は彼女に代わって雪を道から押しのけた。昨夜の雪はすくなかったので楽な仕事だった。

「それ私もやりたい」

美波が言うので幸久は雪かきスコップを手渡した。彼女はスコップを腰のあたりに構え、門の方に向かって走りだした。雪が割れ、道が生まれる。

「これいいね。雪かきが楽しくなる」

「冬」が来る前には、まれに降る雪を楽しみにすることもあった。いつかそんな心を取りもどすことができるだろうかと幸久は思った。彼は美波の放り出したふつうのスコップを拾いあげ、彼女のあとを追った。

学校に行ってからも、美波とは何度か目が合った。そのたびに彼女は思わせぶりな視線を向けてくる。幸久は反応に困ってスマホをいじるふりなどした。

数日の間、幸久は毎朝美波の家に通った。彼女とともに雪かきをしていると、「冬」を生きる中で否応《いやおう》なく抱かされていた無力感を幾分か和らげることができた。

金曜日、いつものように美波《みなみ》の家に行くと、彼女は雪かきスコップを持って待ち受けていた。

「それ買ったの？」

「おばあちゃんが送ってくれた」

彼女は玄関の方に行き、別のスコップを持ってきた。「こういうのもある」

よく見るとそれはスコップでなく、ブルドーザーのブレードに似た形をしていた。

「これはこうやって使う」

彼女が柄を持って腕を伸ばすと、道の上の雪が簡単に端まで押しのけられた。

「よかったな。これで楽になる」

そう言いながら、幸久《ゆきひさ》の心は沈んでいた。

彼女のために貢献できていると思っていたが、それは道具の力だった。そんな優位性はすぐに崩れる。所詮《しょせん》はその物を所持しているかどうかの差でしかないのだから。

この数日、学校に行く前に彼女と過ごしたわずかな時間は楽しかった。会話は特になかったが、ふたり同じ作業をして、心が通じあっている気がした。それももう終わる。

「これからは自分でできそうかな」

美波がまだ雪の残る道を眺め渡す。

「そっか」

幸久はうつむき、スコップの柄を握りなおした。

「いままでありがとう」

「別にいい」

彼は爪先《つまさき》で雪を踏んだ。「雪かき好きだから」

「そうなの？」

「いや……やっぱ好きじゃないな」

彼女が笑いだした。

「じゃあなんで？」

「なんでだろ」

会話が途絶えて、静寂が訪れた。すべての音が雪に吸いこまれてしまったようだった。ふたりの視線が絡んでは解《ほぐ》れた。

彼女の手が赤くなっていた。こんな手を見たら力を貸したくなってしまう。そんな思いを同情だとか憐《あわ》れみだなんて呼ぶのはすこしちがう気がした。

彼女がコートのポケットに手を入れた。

「コーヒーでも飲んでかない？　まだ時間あるでしょ？」

幸久は彼女の家の方を一度見てからうなずいた。

彼女がスコップを雪の上に置き、玄関へ歩きだした。幸久は自分のスコップをそれに並べ、彼女にしたがった。

× × ×

いま自分の手の中に美波《みなみ》の手があるのを見て、これが現実だとは信じられない気がした。はじめて彼女の家の雪かきを手伝ってから三週間ほどしかたっていない。ひとりで雪かきする彼女の手を見て冷たそうだと思ったが、そこに触れて確かめてみるなんて大胆な発想は出てこなかった。いま、すこし冷たい彼女の手は、いくら幸久《ゆきひさ》の体温を伝えてもそれ以上に温かくはならなかった。

「どうしたの？　じっと見て」

彼女の声が耳をくすぐる。うしろから抱きつく彼女の髪が自分のと交ざる。

幸久は彼女の爪《つめ》を親指で撫《な》でた。

「きれいだなと思って」

「何もしてないけど？」

彼女が体を預けてくる。彼の頬《ほお》に彼女の耳が押しつけられる。

パソコンの画面の中では矢口《やぐち》が誰も応《こた》えることのない空間に向かってひとり語り続けていた。

昼休みになり、幸久は弁当箱を開いた。

美波は電気ケトルからカップラーメンにお湯を注いだ。彼女の生活はケトルに水を汲《く》みに行くのとトイレ以外はこの部屋の中で完結しているように見える。

「一個ちょうだい」

彼女が幸久の卵焼きを箸《はし》でかっさらっていった。日頃ひどい食生活を送っていそうなので幸久は彼女に何も言わずにおいた。

「今日バイトあるの？」

彼女がカップラーメンの蓋《ふた》を取った。幸久はスマホの画面を見た。

「大雪警報が出たら休みって言われてたけど、いまのところ出てないな」

「今度どっか行こうよ。バイト休みの日に」

彼女が麺《めん》をすする。

「どっか、どっかって？」

「デート」

「具体的にどこ行くの？」

「どっか」

「話がループしてないか？」

彼女がカップラーメンの湯気にむせた。

「ずっとこの部屋にいるからさ、ふたりで遊び行きたいなって」

幸久《ゆきひさ》は窓に目をやった。窓の縁に雪が積もり、ガラスの下半分を青黒く覆っていた。その向こうに見えるのは暗い空だ。

幼い頃から住んでいるこの町を思う。脳裏に浮かぶ景色は雪の白に塗り潰《つぶ》され、もはや彼のよく知る出海町《いずみまち》ではないようだった。「冬」に自分の場所を奪われたような気がした。

「行くとこなんてないだろ、どこにも」

とげとげしいものが彼の口から飛び出した。そのとげの鋭さに自分でも驚いてしまうほどだった。美波《みなみ》に対して意趣があるわけではない。ただ、彼女のことばをきっかけにずっと溜《た》まっていたものがあふれ出てしまった。

彼女は顔をしかめたまま何も答えなかった。容器に口をつけてラーメンのスープを飲んだため、その顔は幸久の目から隠れた。

午後の授業が終わって、彼は美波の家をあとにした。

授業の間も、玄関で別れるときも、ずっと変な空気のままだった。幸久は自分のやつあたりについて謝罪しなかったし、美波はデートのことを二度と口にしなかった。

バイト先のガソリンスタンドで彼は、自分が言ったことと彼女の反応とを頭の中で何度も反芻《はんすう》した。寒さに体を揺らすたび、そのときの情景が弱い電波で動画を観《み》るときのように一時停止し、また動いた。

「寒《さ》っむ」

となりで同僚の松橋杏奈《まつはしあんな》が足踏みしている。

レギュラーガソリンがリッター二〇〇円を超えてからガソリンスタンドの客足は落ちていた。目の前の県道を行く車も「冬」の前とくらべるとずっとすくない。

「中に入りて〜」

杏奈がサービスルームの方をふりかえる。ＬＥＤライトの白い光も宵闇《よいやみ》の中に漏れ出ると暖かそうに見えた。

「セルフなら中にいられるんですけど」

幸久は息を吐いた。天蓋《キャノピー》の明かりに一瞬白く照らされ、すぐ夜気に紛れる。

「セルフ楽でいいよね。一生モニター見てボタン押してるだけでしょ」

「ただ、僕らクビですね。あれワンオペでいけるんで」

「いいじゃん。辞めようよ、いっしょに」

杏奈はどこか艶《つや》のある笑みを幸久に向けてくる。彼女は十九歳のフリーターだが、仕事への執着や責任感というものが高校生の幸久よりも薄いように見えた。

ふたりの影がさっと伸びた。ふりかえる幸久に道路から入ってくる車のヘッドライトが浴びせられた。

「いらっしゃいませー」

彼は反射的に声を張りあげた。手で合図して白の日産ノートを定位置に停車させる。

運転席に駆け寄ると、窓が開いた。三十代前半くらいのスーツ姿の男が一人。漂う車内の空気から非喫煙者だとわかる。

「レギュラー満タン、カードで」

「レギュラー満タンをカードで。ありがとうございます」

クレジットカードを受け取り、小走りでＰＯＳに向かう。油種・数量・ポンプナンバーを指差し確認するとき、手が震えているのに気づいた。

給油口を開けていると、別の車が入ってきた。誘導に向かう杏奈《あんな》に唱和して「いらっしゃませ」と声をあげる。

給油がはじまると、カードを返却し、窓を拭《ふ》く。濡《ぬ》れたタオルは冷たく、そのあとの乾拭き用タオルがお湯のように温かく感じられた。

客が窓から顔を出し、室内拭き用のタオルを返してきた。

「スタッドレスタイヤってあります？」

幸久《ゆきひさ》は一度サービスルームの方を見た。

「いまちょっとメーカーの方でも在庫切らしちゃってるみたいなんですよ。すいません」

給油が終わったのでノズルを抜く。伝票を持っていき、サインしてもらう。

窓が閉まり、車が動きだす。

「ありがとうございました」

敷地の縁まで行き、脱帽して見送る。車はのぼり方面へと走り去った。

運転免許も持たない自分が人の車をしたがわせ、世話をして、また送り出す。何度もくりかえしたことだが幸久は、どうしてそううまくいくのかわからず、次また同じことをするのが不安に思われた。

杏奈も担当の車を見送ったところだった。

「天城《あまぎ》くん、声震えてたよ」

帽子をかぶりなおしながら言う。

「緊張してるんですよ」

「いや何言ってンスか先パ〜イ」

杏奈に肩を叩《たた》かれて幸久は笑った。彼の方が年下ではあったが、ここでの職歴でいえば杏奈よりも半年ほど長かった。

十時になってふたりは屋内に引きあげた。

ロッカールームがひとつしかないので、先に杏奈が着替えをする。幸久は制服と同じ色をした椅子《いす》に座り、コーヒーを飲んだ。冷えきった体に熱を伝えようとマグカップを両手で包むが、掌《てのひら》が熱くなるだけで他の部位は重たく強張《こわば》ったままだった。

「寒かったでしょ」

店長の河野《こうの》がパソコンの画面を見つめながら言う。

「死ぬほど」

幸久《ゆきひさ》はガラス越しに外を見た。降りだした雪が天蓋《キャノピー》の下まで舞いこんでいた。

「十一月でこれだもんね。年明けとかどうなるんだろ」

河野のキーボードを叩《たた》く音がエアコンのうなりにかき消された。幸久はコーヒーに口をつけた。多めに入れた砂糖が空きっ腹に沁《し》みる。

杏奈《あんな》がロッカールームから出てきた。ダウンのロングコートを丸めて胸に抱《かか》えている。

「ロッカー寒う〜。石油ストーブ置いてほしい」

「ガソリンスタンドは火気厳禁だから」

河野が苦笑する。幸久はコーヒーを飲み干し、立ちあがった。

「そもそも石油ストーブどこも売り切れですよね」

「天城《あまぎ》くんちはある？」

河野に訊《き》かれて幸久は頭を振った。

「松橋《まつはし》さんのとこは？」

「うちもないです」

「みんなの家に行き渡れば灯油の販売が増えていいんだけどなあ」

河野が椅子《いす》の上で大きく伸びをした。

杏奈とはガソリンスタンドの前で別れた。幸久はダウンジャケットのフードをかぶって歩きだした。

降る雪がフードに当たってかさかさと音を立てた。街灯の光が届かないところではそれだけが雪の降っていることを彼に知らせるものだった。

エアコンのきいたサービスルームで休み、熱いコーヒーを飲んだが、体の芯《しん》はまだ冷えていたし、腹は空いたままだった。

コンビニに寄ろうと彼は考えた。見知らぬ人に大声で挨拶《あいさつ》し、頭をさげる立場から誰にも気を遣わず無言で町を歩く存在にもどるには、どんなに淡泊なものでもいいから誰かの接客を受ける必要があるような気がした。

何を買おうか考えながら歩いていると、自分の時給一〇五〇円という金額がふっと頭に浮かんだ。寒さに震えながら働いた数十分の賃金をたいして身にもならない食べ物に費やすことに意味があるのかと思う。

ガソリンスタンドで一年半働いて貯金もしているが、大学の学費一年分にもならない。担任の佐野《さの》から教えてもらった奨学金に関するウェブサイトを見て現実を思い知らされた。彼は自分のやっている仕事が子供のごっこ遊びであるかのように感じた。

ダウンジャケットのポケットにつっこんだ手が冷たかった。手袋をしていても効果がない。関節の張り詰めた皮膚が刃物で薄く切りつけられているみたいに痛む。

美波《みなみ》の手を思った。触れるとひんやりしていて、だがその奥に彼女なりの、すこしそっけないぬくもりがある。

幸久《ゆきひさ》はダウンジャケットの下に着たフリースジャケットのポケットからスマホをひっぱりだした。肌に近いところに入れておいたのでバッテリーは無事だ。

彼女からのメッセージは来ていなかった。幸久は立ちどまり、手袋をはずした。

さっきはごめん

変なこと言った

メッセージを送ったあともしばらくスマホを見つめていたが、既読はつかなかった。雪が画面に落ちて過去の彼女のことばをにじませた。

幸久は目をつぶった。波の音が聞こえる。闇《やみ》の中に立ちつくしていると、その音が次第に近づいてくるように錯覚した。やがて波が浜を越え、彼の足を浸すと思ったとき、手の中のスマホが震えた。彼は目を開いた。

おわびにデートな

幸久は画面の雪片を指で拭《ぬぐ》った。

どこ行きたい？

おわびにそっちが考えて

おわび増えてない？

幸久は顔をあげた。スマホの光に目が慣れていたせいで、あたりの闇はいっそう濃く見えた。暗い海は不気味だったが、分をわきまえて浜の向こうに控えていた。
スマホをポケットにもどす。そこが熱を持つようで、彼は手で押さえ、軽やかに歩きだした。波の音は元のとおりに遠ざかり、もう彼の足を止めなかった。

第二章

「絶好のデート日和だなあ」

美波《みなみ》が天を仰いだ。雪が口に入ったか、顔をしかめて舌を出す。

ニット帽からはみ出した彼女の髪が見る間に白くなるほどの雪だった。彼女の家の前から見おろす海が白く霞《かす》んでかえって黒く見える。降りだしたのは昨晩のことで、神奈川県内では数ヶ所で電線が切れて停電が発生したということだった。

幸久《ゆきひさ》はダウンジャケットのポケットに手を入れ、彼女にならって空を見あげた。

「喜んでもらえて俺もうれしい」

「国語苦手なタイプ？」

彼女は髪についた雪を手で払った。

今日の彼女の服装はスノボウェアの上下にいつもよりごついスノーブーツで、雪の中でも濡《ぬ》れずに動けそうだった。幸久はいつものダウンジャケットに安物のレインパンツ、足元は長靴に似た防寒ブーツで、釣りに行くときの格好そのままだ。

彼は家から持ってきた雪かきスコップを肩に担いだ。

「それじゃあ行こう」

美波が自分の手にするスコップと幸久のを交互に見る。

「やっぱそっちがいい」

そう言うので、幸久はスコップを交換した。彼女のは土を掘る用のもので、金属製のためすこし重かった。

門を出て、町を歩く。

いつも通っている国道が絶え間なく降る雪のせいでまったく知らない土地のように見えた。除雪作業のしわ寄せで、もとより狭い歩道が雪の山の下に埋まっている。

「こういうの誰がやってんのかな」

「さあ。町役場じゃね？」

幸久は車が通らないのを見て、車道を歩いた。ソースの焦げる匂《にお》いが降る雪の間を縫い漂ってきて、彼の鼻をくすぐった。

ふたりは昼食を摂ってすぐに家を出てきていた。今日は朝からオンライン授業だ。午後は動画を観《み》るだけの授業が続くので、サボってデートすることにした。

幸久は美波を堕落させてしまったようで気が咎《とが》めていた。デートしたいと言い出したのは彼女だが、行き先や日時を決めたのは彼の方だ。彼女は欠席がやや多いけれど成績は上位だった。横須賀西《よこすかにし》高校は県内でも有数の進学校で、定期試験もかなり勉強しなければいい点数が取れない。

そうしたうしろめたさを打ち消そうと、彼はうしろを歩く美波《みなみ》に手を差し出した。

「ん」

手をつないでデート気分を盛りあげようと思ったのに、彼女は首を傾げるだけだ。

「ん？」

すこしの間、彼の手を見つめていたが、やがて「ああ」とうなずき、持っていたスコップを彼の手に押しつけた。

「ありがと」

ほほえみを向けられて、幸久《ゆきひさ》は仕方なく二本のスコップを左右の肩に担いだ。

「それも意外と重いよね」

「そうだな」

正面から車がやってきたので、彼は歩道の雪山にのぼってそれをやりすごした。

国道と県道が三叉路《さんさろ》で交わる。そこで県道を横断し、長い塀《へい》に沿って歩いた。以前は道が砂だらけで、海が近いのを予感させたが、いまは雪に覆われて他の道路と変わらない。

右手に公園が見えてきた。すべり台と雲梯《うんてい》があるだけの小さな公園だ。本当はタイヤを半分地面に埋めた遊具もあるのだが、いまは雪の下に隠れてしまっている。ところどころに植えられている松は、防砂林と呼ぶにはやや寂しかった。

幸久は公園の中に入った。昨夜からの雪がそのままになっていて、足を取られる。小高くなったところをのぼると、一歩ごとに視界がひらけていった。

海がもう目の前だった。黒い水と白い雪が波打ち際でせめぎあう。山と海に挟まれた町に押し籠《こ》められた魂が広大な空間に向けて放たれると思った。

「ここ来たことある」

美波が彼のとなりに並んだ。「小学生の頃は毎年夏になるとこっちに来てたから」

「俺は毎日来てた。三歳のときからこの町に住んでるから」

彼のことばに美波が目を輝かせた。

「じゃあ、どこかですれちがってるかもね」

「かもな」

幸久は海に向かってうなずいた。

記憶をたどってみれば、子供だけで海に来ている地元の人間と家族連れの余所者《よそ》とでは、同じ砂浜の上にいても属する世界がちがうように感じていた。たとえ美波とすれちがっていても、きっと彼女のことは目に入らなかったはずだ。

「ここにしよう」

彼は足元にスコップを突き立てた。美波がうなずく。

「景色いいもんね」

幸久はスマホを取り出した。ブックマークしておいたサイトを開く。

「こんな感じのイメージで」

画面に表示されたのは、かまくらを観光資源としてPRしている町の公式サイトだった。暗い中に無数のかまくらが並び、その中から暖かそうな光が漏れている。

「幻想的だね」

肩を寄せてスマホをのぞく美波《みなみ》の吐息がふたりの間に白く漂う。幸久《ゆきひさ》はうなずいた。

「これ四人がかりで、しかも重機まで使って作ってるけど、俺たちは二人だから、もうすこし小さいのにしよう」

「わかった」

幸久はスコップを雪に突き立てた。メジャーを取り出し、先端をスコップの柄に当てる。

「ここ押さえといて」

美波にメジャーを固定してもらい、一・二メートル分だけ引き出した。そのままスコップを中心として足跡で円を描いていく。動画では半径一・八メートルで作っていたが、二人ならこれくらいの大きさが限界だろうという判断だった。

円を描き終わると、その内側の雪を踏んだりスコップで叩《たた》いたりして固めた。それを土台にしてまわりから集めてきた雪を重ねていく。

次第に雪が高く積みあがってきたので、美波が雪の上に乗って固める役、幸久が雪を集めてくる役と分担して作業を進めることにした。

「ケーキ作ってるみたい」

　美波がスコップの背で円柱状になった雪の側面を叩く。

　幸久は円柱の上に雪を放った。周囲に積もっている分だけではすぐに足りなくなったので、公園中から集めなくてはならなかった。動画ではホイールローダーを使っていた作業だ。彼は大汗をかき、ダウンジャケットを脱いだ。松の木のいちばん低い枝にかけて作業を再開する。黒いボアフリースのジャケットに降る雪がたかって見る間に白くなった。

　スコップに雪を載せて美波のもとへもどると、彼女は作りかけのかまくらの上に立ち、海の方を見つめていた。

「冬の海って、なんだか怖いね」

　雪交じりの海風に顔をしかめる。

「俺は見慣れてるからわかんないな」

　幸久は彼女の足元に雪を置いた。彼女はそれを踏み固めながら咳《せき》をした。かまくらが幸久の胸の高さにまで達していた。彼は美波の顔を見あげた。

「そろそろ丸い屋根作ってくれる？」

「了解」

　彼女は足元の雪をスコップで強く叩いた。幸久は公園の奥から雪を運んだ。昼からずっと働いているので、腕がふわふわして力が入らなくなってきていた。それでも部屋でひとり試験勉強をしているときの疲れよりずっと快い。

夕方の空はすっかり暗くなっていた。スコップで雪をすくって顔をあげるたび、スイッチで切り替えたようにはっきりと光が消えていった。

白い雪を集めたかまくらが空を背景に黒い影となっていた。海に向かって建つそれは、上陸してくるものを迎え撃つトーチカのようだった。

その頂上に立つ美波《みなみ》が腕をひろげた。

「いい感じじゃない？」

「うん」

かまくらの屋根はネットで見たもののようにきれいな曲線を描いていた。

「これから中に穴を開けるの？」

「このまま二、三日放置する」

幸久《ゆきひさ》はかまくらの側面を掌《てのひら》で叩《たた》いた。「そうすると固まって頑丈になる。作ってすぐ掘った穴とは仕上がりがちがってくる」

「こだわりがすごい」

美波はかまくらのいちばん高いところに腰かけた。スコップを膝《ひざ》に乗せる。

「それで、これ私どうやっておりるの？」

「飛びおりたら？」

「怖い」

「雪があるから平気平気」

幸久は地面を踏んで雪の柔らかさを確認した。

美波が彼を指差す。

「飛びおりるから受け止めて」

「えっ？　いや、無理」

「軽いから平気平気」

彼女はスコップを地面に放り、かまくらの頂上から助走をつけてジャンプした。

「ちょっと……」

幸久は飛んでくる彼女の迫力に驚き、思わず身をかわした。

「ちょっと！」

目標を見失った美波は蛙《かえる》のような格好で着地し、勢い余って前のめりに倒れた。

「……だいじょうぶ？」

幸久がおそるおそる近づくと、美波は体を起こし、顔についた雪を拭《ぬぐ》った。

「なんで避《よ》けた？」

「無理だって。重すぎて受け止めきれない」

「あー無理。それ絶対言っちゃいけないやつ。どっちの意味でも」

鬼の形相で彼女が向かってきた。

「こわっ」

幸久《ゆきひさ》はその迫力に驚き、思わず逃げだした。

斜面をくだる途中で靴が雪にはまって脱げてしまった。はずみで転倒する。

「オラッ受け止めろ、この重み！」

美波《みなみ》が背中にのしかかってきた。後頭部をつかまれ、顔を雪に押しつけられる。

雪の冷たさが皮膚に刺さる。

「待って。マジで死ぬやつ」

幸久は雪の上で転がった。美波の体は彼女自身が言っていたとおり軽かった。幸久の体を起こす力で簡単にはねのけられてしまう。

彼女はすばやく這《は》い寄ってきて、ふたたび幸久の上に乗った。仰向けの彼と胸が合う。

「鬼ごっこなんてひさしぶりだな」

彼のことばに彼女がうなずく。近すぎて表情は影になっている。

「小学生のとき以来かも」

「俺は……去年やってたわ。中学校のときのツレと花火したとき」

「現役勢じゃん」

地面に接する背中がじんわり冷たくなってきた。防水ウェアに包まれた美波の体からはぬくもりが伝わってこない。ただ、胸の鼓動は伝わる。彼女の背中に雪が降り積もる音までも感じたいと思い、彼は彼女をきつく抱き締めた。

三日たって公園に行ってみると、子供だらけだった。天気がいいので小学校が終わったあとで遊びに来たようだ。

作りかけのかまくらにも子供たちがたかって、上にのぼったり周囲を駆けまわったりしていた。

「めっちゃ人気」

「見つかってしまったか」

幸久には彼らの気持ちがよくわかった。自分たちのテリトリーにこんな異物が出現したら興味を惹《ひ》かれるのは当然だ。

彼はスコップを肩に担ぎ、子供たちの間に割って入った。

「おう、どけどけ」

どこの家の子供なのかは知らなかった。だが彼らの家族や知りあいをたどっていけばきっと自分につながると彼は思っていた。三歳のときから住んでいるこの町に対する信頼のようなものだった。

かまくらの入り口を作るため、金属製スコップの先端で雪に線を引いた。風や雪が吹きこまないよう、腰を屈《かが》めてくぐるくらいの小さな開口部にする。

幸久《ゆきひさ》はスコップを雪に突き立てた。三日間風に晒《さら》された雪はよく締まっていた。掘るというよりも砕くというイメージで穴をひろげていく。足元に転がる雪塊を美波《みなみ》が雪かきスコップで取り除いた。

雪を積むときに中心部は踏み固めないようにしてあったので、次第に作業はやりやすくなった。メジャーで穴の直径を測り、壁が薄くなりすぎないようにする。狭い穴の中で柄の長いスコップは取りまわしが悪いので、家から持ってきた移植ごてで雪を削る。天井から雪の粉が落ちて幸久の体にかかった。

「何年生？」

美波が入り口の外にしゃがみこみ、小学生男子に話しかけている。「三年生なんだ。学校楽しい？」

見知らぬお姉さんに見つめられているのと、よくあるけれど答えづらい質問を投げかけられたのとで、男子はうつむいて蚊《か》の鳴くような声で返事をする。

穴の中がきれいに仕上がってきた。幸久はスマホのライトを点《つ》けて内壁の滑らかさを確認した。

「うん。いいんじゃないかな」

彼は美波を呼んだ。彼女が四つん這《ば》いで入ってくる。

「すごいね。プロみたい」

彼女が言うほどいい出来ではなかった。よく見たら内壁は凸凹しているし、天井は中腰でなければ頭がつかえてしまいそうなほど低い。中の空間は狭くて、ふたりでいるには体を密着させて座らなければならなかった。参考にした動画では中に火鉢が置かれて暖かそうだったが、実際には壁からも天井からも地面からも冷気が放射されて、外にいるよりも寒い。

幸久は膝《ひざ》を抱《かか》えたまま美波を見た。彼女は満足げな笑みを向けてきた。

外光を背にシルエットと化した子供たちが入り口からのぞいている。

「みんなも入ってみる？」

そちらに向かって美波が這っていく。幸久は彼女にしたがってかまくらの外に出た。

ふたりと入れちがいで子供たちが中に入る。最初は中で声を響かせたりするだけだったのが、途中で何かルールが発生したらしく、かまくらのまわりを同じ方向にまわったり、中から出てきた者が外の者を引きずりこもうとしたりして、大騒ぎしはじめた。

美波がニット帽を脱いで、ぺしゃんこになった髪をかきあげた。

「子供たちを笑顔にしてしまったか」

幸久は移植ごてを松の幹に打ち当てて雪を落とした。

「デートのはずだったんだけど」

「私は楽しいよ」

彼女が笑う。幸久《ゆきひさ》は小さくうなずいた。

入り口から風が吹きこまないよう海にも陸の側にもそっぽを向いたかまくらが黙って立っていた。


使い捨てカイロをフリースジャケットのポケットに入れると、不安になるくらい熱かった。幸久はすこし躊躇《ちゆうちよ》したあとで、同じポケットにスマホをつっこんだ。天気予報アプリによるといまの気温はマイナス十六度で、体温の届くところに置いておいてもバッテリーがやられてしまいそうだった。

カーテンをすこし開け、窓の外を見る。いくら目を凝らしてみても夜の闇《やみ》に交じるものはない。昼間と同じく雪は降っていないようだった。幸久はダウンジャケットを着て、リュックを手に部屋を出た。

居間にいる母に声をかける。

「ちょっと出てくる」

「どこ行くの?」

母は観《み》ていたテレビの音量をさげた。

「公園」

「こんな時間に?」

「友達とかまくら作ったから見に行く」

　幸久のことばに母が吹き出す。

「子供みたいなこと言ってる」

　水筒を蛇口の水でいっぱいにして彼は家を出た。

　夜道を歩くのは慣れていた。バイト帰りならもっと遅い時間だ。暗いのも人がいないのもたいして怖くはない。

　だが幸久はいつもとちがった不安を感じていた。仕事も勉強もせずに虚《むな》しく雪を踏んでいる。母はこれから夜勤だ。自分はこれからどこへ行くのだろうと思った。白い息が霧のように立ちこめて視界を覆った。

　あまり使ったことのない門のチャイムを鳴らすと、林の向こうから美波《みなみ》がやってきた。昼間と同じスノボウェアにリュックを背負っている。

「現地集合でよかったのに」

　門を閉めながら彼女が言った。

「暗いから」

　幸久は彼女の手を取った。彼女はうなずき、手を握り返してきた。

　夜の町は静まりかえっていた。ふたりは口を閉ざしたまま歩いた。

　公園は街灯もなく真っ暗だった。海は闇に紛れて見えないが、波の音は昼間よりも大きく聞こえた。

「こういうの持ってきた」

美波《みなみ》がリュックからランタンを取り出した。ログハウスにでも置いてありそうな、時代がかったデザインだ。中のＬＥＤがキャンドルの炎の揺らめきを再現していた。

それを使って足元を照らしながらかまくらまでたどりついた。

幸久《ゆきひさ》は持参したブルーシートをかまくらの中に敷いた。ふたりでその上に座る。地面からの冷気は防げそうにないが、尻《しり》は濡《ぬ》らさずに済みそうだった。

美波が外に出て写真を撮った。

「いい感じ」

彼女が写真を見せてきた。かまくらから暖色の光が漏れている。かまくらが名物になっている町の風景を写したものに似ていた。

「出海町《いずみまち》もかまくらで町おこしできるんじゃない？」

「誰が来るんだよ、こんなとこ」

「でもいま飛行機が飛ばないから海外行けないし、観光客を呼べそう」

「どうかな。いまは日本中でかまくら作れるし」

赤道直下の地域では比較的寒さも緩いらしかった。そういう土地ならばまだ海も観光資源になる。出海町は雪に覆われてしまえば何の見どころもない。

幸久はアウトドア用のケトルに水筒の水を注いだ。

「雪を融かすんじゃ駄目なの？」

「新雪でも汚いから口に入れない方がいいって」

ガスストーブをかまくらの外に置いて火を点《つ》け、その上にケトルをセットする。ふたりは肩を寄せあって青い炎を見つめた。

「なんでこういうの持ってんの？　キャンプ好きとか？」

「釣りの途中でコーヒー飲むのに使う」

「釣り？　いいねえ」

美波が幸久の腕に腕を絡める。「次は釣りデートにしよう」

「たぶん魚いないから釣れないよ」

「やってみなきゃわかんないじゃん」

「それはそう」

幸久はおざなりにうなずいた。

お湯が沸いたのでコーヒーを作った。キャンパーなら豆や道具や淹《い》れ方にこだわるのだろうが、彼の場合は釣り糸を垂らしている間に片手間で作るので単なるインスタントコーヒーだ。

「お菓子持ってきた」

美波がリュックからクッキーを出してブルーシートの上に並べた。チタンのマグカップがランタンの光に鈍く輝く。小学校の遠足を殺風景にしたような光景だった。

クッキーをかじり、コーヒーをすする。かまくらの中に音が響く。頬《ほお》を膨らませ咀嚼《そしゃく》する美波《みなみ》を見て、幸久《ゆきひさ》はいじらしさをおぼえた。「冬」に生きるためのもっとも小さな営みが誰の目にも留まらずに為《な》されていると思った。

「三日かかってようやくデートらしくなってきた」

美波が幸久の肩に頭を預けながら言う。

「いいものを作るには時間がかかるんだ」

「やっぱりこだわりがすごい」

最初は寒かったかまくらが中に籠《こ》もるふたりの体温で暖かくなってきた。すぐそばにあるはずの海の音が締め出されてまったく聞こえなかった。美波が咳《せ》きこんで耳に鋭く響いた。

クッキーを食べ終えた彼女がブルーシートの上に寝転がった。

「見て。きれい」

言われて幸久は天井を見あげた。ランタンの光に照らされた雪はなぜだか脂ぎって見えた。

「ここ気に入った。引っ越してこようかな」

「さすがに狭すぎない？」

「こうしたら広く感じるよ。ほら」

美波に促され、幸久は彼女のとなりに身を横たえた。さっきまで頭の近くにあった雪の天井が遠くなり、ふたりの眼前にささやかな空間ができた。

「ホント落ち着くわ、この感じ」

「俺はもっと開放感ある方が好きかな。美波の家みたいに」

「ちょくちょくかまくらディスるよね。アンチか？」

美波が肘《ひじ》で脇《わき》腹をつついてきた。幸久は彼女の頬をつまんだ。彼女は笑って彼の上にのしかかってきた。化繊の服がこすれあってかさかさ鳴る。

「こういうところにふたりでずっといられたらって思う」

上から降る彼女の声に、彼はうなずいた。

目の前が影に覆われ、唇《くちびる》に唇が触れた。彼は彼女の体を抱き締めた。

防水の生地はいくら撫《な》でても手になじまなかった。中に着こんだ防寒着が彼女の熱や柔らかさを遮断していた。彼女のブーツの硬いソールが足首に当たって痛い。

唇と舌だけが熱く柔らかく、じかに彼女を感じられた。狭く暗く寒い中で、あらゆる感覚が退化したひどく単純な生き物になってしまったようだと幸久は思った。

彼女の髪をかきあげると、指がニット帽にひっかかった。

「これ取るよ」

「髪ぺたんこなんだけど」

彼女は手で押さえようとする。それを幸久はそっと引き剝《は》がした。

「いいから」

帽子の下の髪は確かに潰《つぶ》れていた。家を出る前にシャンプーしたのか、濃く匂《にお》いたつ。彼はそれを思いきり吸いこんだ。間に何も挿し挟まずに彼女を感じたかった。

「美波《みなみ》の言うとおりだ。ずっとこうしていたい」

ことばを発すると、彼女の滑らかな額《ひたい》に唇《くちびる》が触れた。

「うん」

彼女は柔らかな頰《ほお》を押しつけてきた。

ずっとこうしてはいられないと幸久《ゆきひさ》自身にもわかっていた。この寒さの中ではわずかな間しか体温を維持できない。いまはふたりが互いの熱を融通しあって凌《しの》いでいるが、それもやがて外気に奪われていく。

心のどこかでそれでも構わないと思っている自分に幸久は気づいた。「冬」を終わらせるいちばん手っ取り早い方法のような気がした。彼女の重みを感じながら終われるのなら、なおのことい い。

彼女に顔を両手で挟まれる。真上から垂れさがる彼女の髪に閉じこめられた。

彼の爪先《つまさき》に触れるものがあった。断続的にこつこつと当たる。そちらを見ようとするが、彼女の体に視界を塞《ふさ》がれている。

彼は彼女の手に自身の手を重ねた。彼女の手は確かに彼の顔を挟んだままでいる。彼女の足は彼の足首に当たっている。

　突然、人の手が彼の足首をつかんだ。

「うわっ！　何⁉」

　彼は足をばたつかせてそれを振りほどいた。

「えっ、何⁉」

　美波が彼の上から転げ落ちた。立ちあがろうとして天井に頭をぶつけ、うずくまる。

「痛《い》ってえ……」

　かまくらの入り口に目をやると、一本の腕が地面を這《は》っていた。付近を手さぐりしたあとでそれはひっこみ、外の闇《やみ》に顔が浮かぶ。幸久の死んだ祖母と同じくらいの年齢の女性だ。

「だいじょうぶ？」

　顔が声を発する。

「何がですか？」

　幸久はいちばん奥の壁に背中を張りつかせ、膝《ひざ》を抱《かか》えていた。

「あなたたち、練炭とかアレしてない？」

　彼女の声はかまくらの中に響いた。

　幸久と美波は顔を見合わせた。

「いや、僕らそういうのじゃないんで」

彼が言うと、外の顔が闇《やみ》の中に消えた。彼は這《は》ってかまくらの外に出た。

小柄な老婆《ろうば》が四つん這いの彼を見おろして立っていた。手には緑色に光るリードがある。そこにつながれた柴犬《しばいぬ》は黒く、口のまわりを残して闇に融けていた。

「かわいい」

美波《みなみ》が犬の頭を撫《な》でた。

「かまくらから足だけ見えたからびっくりしちゃった」

老婆に言われて幸久《ゆきひさ》は頭をさげた。

「すいません」

「この間も小束《こづか》の方で心中騒ぎがあったでしょ。一家三人が首吊《つ》ったっていう。だから、またかって思って」

「はあ」

老婆は驚いたということを何度もことばを変えてくりかえし、最後には「風邪引くから早く帰りなさいよ」と言って去っていった。美波がそれを見送ってニット帽をかぶりなおした。

かまくらの入り口からランタンの光が漏れていた。暗い海を背景にそれはよく目立った。幸久は裏切られたような気分になった。この中にいれば誰の目にも留まらないなんて考えていたのが馬鹿《ばか》みたいだ。

「寒くないか?」

彼はかまくらに寄りかかる美波に尋ねた。彼女は小さくうなずいた。

「あの人、私たちが死んでると思ったのかな」

「こんなに元気なのにな」

幸久が言うと美波は笑った。

「『うわ何ィ?』とか言ったときの動きヤバかったもんね」

ふたりはかまくらの中を片づけた。ブルーシートをたたむと、さっきよりもかさばるように感じた。美波がランタンをリュックにしまった。あたりは真っ暗になった。

かまくらは闇に融けてしまい、手で触れなければそれとわからなかった。幸久はもう二度とここに来ることがないような気がした。

「これ、壊すか」

彼はかまくらを強く叩《たた》いた。この中に充満したふたりの空気を散らしてしまいたかった。

「まだ子供たちが遊ぶでしょ」

美波がリュックを背負った。「それに、こんだけ硬いと壊すのたいへんそう」

「美波の頭突きでこわれなかったくらいだもんな」

「そうだね」

彼女は幸久の肩に頭をぶつけた。ニット帽をかぶっているせいか、すこしも痛くはなかった。

日曜の朝、幸久《ゆきひさ》は目をさますとすぐに布団から出た。
ふだんの休日なら雪の具合など確認したりはしないが、今日はカーテンを開けて窓をのぞく。外はまだ夢が続いているかのように薄暗かった。窓ガラスに当たる雪がふつふつと音を立てた。激しく降る雪は雨よりも心を落ち着かなくさせた。
幸久は天気予報アプリを見てから美波《みなみ》にメッセージを送った。

今日どうする？
大雪警報出てるけど

すこしして返信があった。

関係なくない？
気象庁が死ねって言ったら死ぬんか？

そんなオラオラな気象庁ある？

幸久が一階におりると、母がトーストを食べていた。彼も自分の分のパンを焼く。

「今日、釣り行ってくるわ」

　彼が言うと母は目を丸くした。

「こんな大雪なのに？」

「いつものとこだから。杜野《もりの》海水浴場」

　彼はトースターを見つめた。オレンジ色の光に照らされた内部は外の天気と無縁の世界に見えた。

　母が食器を流しに運んだ。

「ひさしぶりだね、釣り行くの」

「うん」

「釣れるの？　こんな寒くて」

「わかんない」

　彼は自室にもどった。押し入れから釣り道具を取り出す。祖父の道具に触れるのはひさしぶりだった。

　釣り用の大きなリュックに道具を詰め、入りきらなかった分は手提げのビニール袋に入れて運ぶことにした。無駄な気もしたが、クーラーボックスも持っていく。

　玄関に向かう途中で母に呼び止められた。

「おにぎり作ったから持ってきな」

手渡された小さなトートバッグの底に触れると温かかった。

「ありがと」

「ちょっと多かったかな」

「いや、だいじょうぶ」

防水の靴を履いて家を出た。ダウンの上に着たレインジャケットに雪が絶え間なく当たる。

その降ってくる元を見あげると、顔に冷たいものが点々と落ちた。

道路に出たところで肩を叩《たた》かれた。幸久《ゆきひさ》は驚いてふりかえった。

スノボウェアのフードをかぶった美波《みなみ》が立っていた。

「どうした?」

「いつも家まで来てもらってんの悪いから」

「おう……まあ、いいんだけど」

幸久は自宅と彼女の間に立って彼女の視線を遮った。

彼女が幸久の手元に目をやった。

「それ何?」

「ライフジャケット」

「見せて」

彼女は袋の中からポケットのたくさんついたベストを取り出した。見た目はただのフィッシングベストだが、中に発泡プラスチック製の浮力体が入っている。

「これいいじゃん」

「美波にはこっちを貸そうと思ってたんだけど」

幸久はウエストベルト型の自動膨張式ライフジャケットを差し出した。水に入ると、小さく折りたたまれている浮袋が自動的に膨らむようになっている。体の動きを邪魔しないので浮力体式のものより着けていて楽だ。

美波はスノボウェアの上からベストを着こんだ。

「こっちの方がいい。オシャじゃん」

「言うほどオシャか？」

彼女はベストを着たまま歩きだした。幸久もそれにしたがう。

降りしきる雪のせいで町中のものが輪郭を失っていた。県道を行く車のヘッドランプがにじんで見える。

口を開くと雪が入ってきそうで幸久は黙って歩いた。美波も無言だった。ふたりともふだんの話題を忘れてしまったようだった。

滑って転ばないよう足元を見つめて歩いていると、彼女のことも学校のことも家のことも将来のことも何も考えられなくなりそうだった。それが悪いことなのかどうか、幸久にはわからなかった。

　雪の杜野《もりの》海水浴場は狭く見えた。もともと茅ヶ崎《ちがさき》あたりのようにはるかかなたまで続く砂浜があるわけではないが、町でいちばんの海水浴場だった。だがいまは視界を流れゆく雪片に目の焦点が合うせいか、前方にひろがる光景に奥行を感じられなくなっていた。

　海水浴場の南端に杜野川の河口があり、そこと遊泳ゾーンを区切るかのように細い堤防が突き出ている。幸久《ゆきひさ》と祖父がかつて毎週のように通っていた釣り場だ。

　幸久と美波《みなみ》は深い雪を踏んで浜を渡った。堤防の上にのぼって、彼は彼女に手を差し伸べた。

「滑らないように気をつけて」

　彼女が手をつかむ。

「滑って落ちてもライフジャケットがあるから平気でしょ」

「水冷たくて死ぬけどな」

　堤防はコンクリートブロックでできていた。その凹凸をパズルのように組み合わせているさまは見事だったが、いまは雪に覆われていて見えない。

　砂浜にも堤防にも人の姿はなかった。幸久は、きっと今日は何も釣れないだろうと悟った。いつもの日曜日ならここはたくさんの釣り人がいた。それは漁師が魚群の目印にする鳥山のようなものだ。魚がいなくなればそれを獲ろうとする海鳥も消える。

　美波が腕をひろげてバランスを取りながら歩く。

「今日釣れるかな」

「雨の日はよく釣れるから、雪でもいけるんじゃないかな」

前を行っていた幸久はふりかえってほほえんだ。

堤防の突端まで行って美波は周囲をぐるりと見渡した。

「海の上にいるみたい」

幸久は西の空を眺めた。天気がよければ富士山が見えるはずだった。

彼はここから見る景色を愛していた。夕方、海の向こうに日が沈み、残光が思いもかけぬ色に空を染めるとき、彼はいつもうつくしさに涙が出そうになった。本当ならそれを彼女に見せたかった。どれほどことばを尽くすより、ともにその光景を見ることで自分をわかってもらえたはずだと思った。

リュックをおろし、釣りの仕度をする。シーバスロッドにリールを取りつけ、ラインを通した。

「餌《えさ》はどうすんの？」

「今日はヒラメ狙《ねら》いだからルアーを使う」

餌釣りならまず餌となるアジを釣らなければならないが、釣具店がどこも閉まっているためにコマセが手に入らない。

「ヒラメ!?」

美波が声をあげた。「あの刺身で美味《おい》しくいただけるやつ？」

「この辺よく釣れるんだ」

「マジかよ。興奮してきた」

幸久《ゆきひさ》はルアーのついたロッドを美波《みなみ》に手渡した。

「海面からちょっと顔を出してる岩のあたりを狙《ねら》ってみよう。ああいうところには小魚が隠れてるから、それを食べにヒラメも集まってくる」

「よくわかるね、そういうの」

「ずっと同じところで釣ってるからな。自然とわかるようになる」

ふたりは岩を狙ってキャストした。

「ヒラメは海底から一、二メートルのところにいる魚に反応するから、一度ルアーをそこまで沈めておいて、リールを巻いて引きあげる。そこですこし動きを止めて、また沈める。このくりかえし」

幸久のアドバイスを受けて美波がリールを操作する。

「こうかな」

「うまいうまい。なるべく速度に変化をつけて。その方が本物の魚らしい動きになる」

「どこでやり方習ったの？」

「じいちゃんに教えてもらった」

幸久はロッドを上げ下げするジャーク・アンド・フォールでヒラメの気を惹《ひ》こうとした。

「幸久ってさ――」

美波が海面に目を凝らす。「この町で生まれたの？」

「生まれたのは伊豆」

「海の向こうじゃん」

「そういやそうだな」

幸久は笑った。雪にかすむ沖の向こうに自分の生まれた土地がある。そのことをあまり意識してこなかった。となりの県なのだから遠くはないが、心の中でいまいる場所と切り離して考えていた。「海の向こう」という言い方はそうした距離感をうまく表している気がした。

「生まれたのは伊豆だけど、親が離婚して三歳のときに母親の実家があるこの町に来た。それからはずっとここに住んでる。じいちゃんもばあちゃんも死んじゃって、いまは俺と母親の二人だけ」

こうして釣り場でしゃべっていることが幸久にはなんだかふしぎだった。祖父とここにいるときは会話も特になかったし、三年前に彼が亡くなってからはひとりでここに来ていた。祖父に似たのか、友人といるときも口数が多い方ではなかった。だが美波といると、自然と口からことばがあふれてくる。

「美波はどこ生まれ？」

幸久はロッドの先端を見つめながら尋ねた。

美波《みなみ》がキャストしなおして彼のルアーのそばに着水させた。

「私は東京生まれ。卒業した中学校は甲府だけど。おばあちゃんちがそっちだから」

「甲府か……一度も行ったことない」

「盆地だからまわり全部山。そんで海なし県」

「山があるのはわかるけど、海がないのはどんな感じなのか想像できない」

「とりあえずベランダに砂は溜《た》まらないかな」

「それは羨《うらや》ましい」

幸久《ゆきひさ》が言うと美波は笑った。彼の方は表情を変えずに彼女を見つめた。

「で、そこからどうしてこの町に来た？」

「別荘があったから。海が好きだったたし」

「そっか」

彼は海に目をもどした。「『冬』じゃなかったらもっとよかったのにな」

「でも、いいところだと思うよ」

彼女が咳《せき》をする。振動が伝わってロッドが震えた。

「どうなんだろう。俺にはわかんないや。他の町を知らないから」

彼はいままで自分がどういう人間か、どうやってここまで来たかを真剣に考えたことがなかったし、他人に伝えようとしたこともなかった。だが、それは逃れられぬものとして彼自身についてまわる。誰かを深く知ろうと思えば、自分のことも深く知られることになる。その誰かが美波であってよかったと彼は思った。彼女でなければきっとそんな気持ちにはなれなかった。

彼は彼女の肩に積もる雪を手で払った。

「寒くない?」

「寒い」

彼女は顔をしかめて鼻をすすった。「トイレ行きたくなってきた」

「公衆トイレ、すぐそこにある」

「じゃあこれ持ってて」

彼女はロッドを幸久に手渡し、砂浜の方へと歩いていった。

両手にロッドを持った幸久はルアーを動かすこともできず、立ちつくした。いつもより潮位が低いのか、海面が彼のいる堤防からはるか遠くで波打つように見えた。


結局、午後になっても魚は釣れなかった。

日が沈んで気温が低くなる前に引きあげることにした。

幸久はルアーをケースにしまった。一日ねばってアタリすらなかったのははじめてだった。

彼は海に潜《もぐ》って水の中を見てみたかった。南の海から海流に乗って迷いこんだ死滅回遊魚がかつての冬を生き延びられなかったように、この海に棲《す》んでいた魚たちも「冬」の寒さに耐えられず、死に絶えてしまったのだろう。

見えないところから世界は終わっていくのだと思った。

死んだ祖父は一九四〇年生まれで、戦中・戦後と苦労したという。だがそれも幸久《ゆきひさ》にとってはおとぎ話のようにしか感じられなかった。これから彼はリアルな苦難の時代を生きることになる。

「ごめん」

幸久が言うと、昼の残りのおにぎりを頬張《ほおば》っていた美波《みなみ》がふりむいた。

「何が?」

「全然釣れなくて」

「ああ」

彼女は笑った。「楽しかったよ」

「ならいいんだけど……」

「幸久といっしょならどこでも楽しい」

まっすぐな目を向けられて、幸久は照れくささにうつむいた。

「次、どこ行きたい?」

「どこでもいいよ」

「こういう感じのとこ、みたいなイメージがあれば」

「横浜」

「めっちゃ具体的じゃん」

「横浜三塔っていう三つの建物があって、その三つを同時に見られるスポット三ヶ所を一日でまわると願いがかなうらしい」

「ガッチガチにプラン固まってんじゃん」

　幸久は釣り道具の入ったリュックを背負った。空《から》のクーラーボックスは美波が持った。堤防は二人並んで歩くには狭すぎるので、彼女を先に行かせる。海面が不気味なほど低くなって、堤防浜まで続く堤防がそそり立つ城壁のように見えた。

第三章

寒空の下で五時間立っていたあとでエアコンに暖められた部屋に入ると、急激な眠気に襲われた。

幸久《ゆきひさ》は手にしたマグカップを取り落としそうになり、両手でしっかりとつかみなおした。彼はいますぐ布団の中に潜《もぐ》りこみたいと思った。だがそのためにはこのガソリンスタンドの制服から着替え、雪の夜道を歩いて家まで帰らなくてはならない。それを考えると絶望的な気分になった。

「今日寒いね」

店長の河野《こうの》がキーボードを叩《たた》きながら言う。

「そうですね」

幸久の返事は接客の疲れと眠気でかすれていた。

「天城《あまぎ》くんち石油ストーブ買えた？」

「まだです。いまどこも値段やばいですよね」

「いやホント、転売ヤーとか消えてほしいわ」

着替えを終えて松橋杏奈《まつはしあんな》がロッカールームから出てきた。

「石油ストーブなら私の先輩がいっぱい持ってるんで買えますけど」

「転売やってんの？」

「いや、どっかから盗んできたらしいです」

「もっとやばいやつじゃん！」

河野が過剰なリアクションをするので、幸久は笑ってしまった。杏奈が彼のとなりの椅子《いす》に腰かけた。

「天城くんもストーブ欲しかったら言ってね」

「どうしても欲しいってなったら言います」

彼のことばに杏奈は目を細め、ほほえんだ。

外に出ると、冷たい風に眠気が吹き飛んだ。体の熱とそれに伴うだるさは去らない。

杏奈と幸久はいつもどおりスタンドの前で別れた。

「じゃあね。お疲れ」

「お疲れ様でした」

頭をさげ、歩きだしたとき、肌に近いところでスマホが震えた。幸久はダウンジャケットの下からスマホをひっぱり出した。

バイトおつかれさま

美波《みなみ》からのメッセージには自撮りが添えられていた。風呂《ふろ》上がりなのか、濡《ぬ》れた髪を一束つまんでみせている。すっぴんなのに睫毛《まつげ》だけ鮮やかに黒く、そこだけにカメラのピントが合っているように見えた。

画面を見つめて、この画像と「バイトおつかれさま」というメッセージの間に何の関係があるのだろうかと考えていると、背中に柔らかいものが当たった。

「どうしたどうした？　彼女からか？」

杏奈《あんな》がうしろから幸久《ゆきひさ》に抱きついて彼の肩越しにスマホの画面をのぞこうとしていた。彼はとっさにスマホを隠そうとしたが、手首をつかまれ、引きもどされた。

「この子が彼女？　めっちゃかわいいじゃん」

そう言われても何と答えていいのかわからず、幸久はあいまいにうなずいた。首に絡む腕をそっと剝《は》がし、身を離す。

杏奈はコートのポケットに手をつっこんで立っていた。

「彼女、同じ学校？」

「そうです」

「じゃあ横須賀西《よこすかにし》か。この辺に住んでるの？」

「まあ近所ですね」

「いまから行く気でしょ」

「さすがにこの時間には行かないです」

「ふーん。じゃあさ――」

杏奈が一歩距離を詰めてきた。「何か食べに行かない？」

「えっ……？」

「おなか空いてるでしょ？」

「空いてますけど……」

彼女の吐息がふたりの間に白く漂った。ガソリンのそれとはちがう、どこまでも甘いだけの香りが幸久の鼻をくすぐった。

杏奈の顔がスタンドの明かりの陰になっていた。マスカラで盛られた目元が暗い空洞のように見えた。

「すいません。疲れてるので」

幸久は愛想笑いを浮かべて言った。

杏奈がうなずいた。

「じゃあ、またいつか」

「はい」

「今度こそお疲れ」

「お疲れ様でした」

手を振る杏奈《あんな》に軽く頭をさげて幸久《ゆきひさ》は歩きだした。

すこし行ったところで、道路の写真を撮った。街灯に照らされた雪が緑色に光るほかは闇《やみ》に包まれている。メッセージを打たずにその画像だけを美波《みなみ》に送った。

歩いていると、手にしていたスマホが震えた。

寒そう

幸久は歩きながら返信した。

寒い

風邪引かないでね

あったかくしてすぐ寝る

スマホの画面と前方の道を交互に見ていると、夜の闇がどんどん濃くなっていくようだった。彼は美波のことを想《おも》った。いまごろはドライヤーをかけて濡《ぬ》れた髪も乾いているだろう。きっと部屋中にシャンプーの匂《にお》いが充満している。あの画像にはパーカーのフードが写っていたが、それを着てベッドに入るのだろうか。

いますぐ走っていって彼女を抱き締めたかった。彼にはふたりが不当に隔てられているように感じられた。ダウンジャケット越しにも柔らかさの伝わってきた杏奈の体が思い出された。さっきまでとはちがった熱が体の奥に起こった。

ようやく冴《さ》えてきた頭がまた鈍っていく気がして、彼はダウンジャケットのフードを脱いだ。横殴りの海風が彼の髪をかき乱し、去っていった。

家に帰ると、母がまだ起きていた。明日はホテルの仕事が早番なので、いつもならもう寝ているところだ。

幸久は自室で着替えて一階におりた。母が味噌《みそ》汁を温めてくれていた。

「ありがと」

彼は食卓についた。母が居間のテレビを消し、彼の正面に座った。

「ちょっと話があるんだけど」

「どうしたの？」

彼は野菜炒めを小皿に取り分けた。

「ホテル、廃業することになったって」

「えっ……」

幸久《ゆきひさ》は箸《はし》を置いた。

母がお茶の入ったグラスを口に運んだ。

「『冬』が来てからお客さん全然来なくてさ、宿泊ゼロの日もあった。海で遊べないから仕方ないよね。それでもなんとかがんばってたんだけど、さすがに限界が来たみたい」

「そっか……」

「とりあえず年度内は営業を続けるから、あと四ヶ月は働ける。その間に次の仕事を見つけないとね。この業界、どこも厳しいみたいだけど」

「うん……」

幸久の力ない相槌《あいづち》に母が笑いだした。

「心配しなくてもだいじょうぶ。明日いきなり路頭に迷うとかはないから。おじいちゃんが遺《のこ》してくれた家もあるし」

「うん。わかってる」

そう答えたものの、彼の食欲はすっかり失せ、野菜炒めとご飯を味噌《みそ》汁で強引に腹に流しこんで夕食を済ませた。

部屋にもどり、畳の上に寝転がる。さまざまな考えが頭の中をめぐった。

金のない家だとは思っていたが、母が失業するというのは想定外だった。次の仕事をさがすと言っていたが、そう簡単にいくだろうか。この町の宿泊業はどこも絶望的だろう。短大を出てからホテル勤めしかしたことのない四十八歳の彼女が別の仕事をはじめられるとも思えない。最悪の場合も考えに入れて、志望校を選びなおさなくてはならない。全員が進学を希望する高校でこんな状況にある者が他にいるだろうか。学力という基準だけで大学を選べる者が羨《うらや》ましかった。

父親が養育費を払っていてくれればこんなことにはならなかったのではないかと思う。離婚してから最初の一年間しか支払いがなかったと祖母が生前に言っていた。面会に来たという記憶もない。母の側にも何かできることはなかったのだろうか。たとえば裁判を起こすとか。

皆が為《な》すべきことをおこたったためにいまのこの惨状がある。

すべての人に平等に降りかかる災厄だと考えていたから「冬」にもなんとか耐えられた。だが実際には、弱い者にだけ苦しみがもたらされる。不幸が雪のようにすこしずつ積もり、気づけば身動きが取れなくなっている。

そんなことを考えているうちに眠ってしまったようだった。

目を開け、顔をあげた幸久は天井の照明のまぶしさにふたたび目をつぶった。部屋は冷えきっていて、自分の体だけが空しく熱を放っているようだった。頬《ほお》に畳の目が深く刻みこまれていた。

強張《こわば》った体を起こして布団を敷いた。電気を消すと、カーテン越しに青白い光が差しこんできていた。彼は失われた熱を取りもどそうと、布団の中に潜《もぐ》りこんで膝《ひざ》を抱《かか》えた。

次に目をさましたとき、時刻は午前九時をまわっていた。起きあがろうとすると、頭が割れるように痛んだ。彼は一度深呼吸してから布団から這《は》い出た。

早番の母が作ってくれていた朝食には手をつけず、家を出た。いつもの時間とちがうので、バス停でしばらく待たされた。痛む頭に冷たい風が心地よかった。

教室に入ると、数学の授業中だった。先生に頭が痛いことをすこし大袈裟《おおげさ》に説明してから席に着く。机の上に教科書とノートをひろげても、しばらくは授業の流れについていけなかった。彼はクラスの中で自分だけが道からはずれてしまったように感じた。

休み時間になって美波《みなみ》からメッセージが来た。

どうしたの？

幸久《ゆきひさ》は教室の中を見渡した。美波は窓際の席でいつものメンバーに囲まれている。

昨日あったかくして寝るって言ったけど
あれ失敗した

それ失敗することある？

幸久は吹き出しそうになり、そばにいる慧《けい》と恒太朗《こうたろう》のかけあいに笑うふりをした。

日曜日のデートだいじょうぶ？
体調悪いならやめようか？

それまでに治す
約束したから

送信してから美波の方を見た。彼女は一度スマホに目を落とし、彼に一瞬だけほほえみかけた。昨日見た湯あがりのしどけない表情を彼は思い出した。そのときとはちがい、いまの彼女はメイクをして制服を着て、他所《よそ》行きの見た目をしている。彼女のふたつの顔を自分だけが知っている。

誇らしさとふしぎな照れくささに笑いだしそうになり、幸久は体調が悪くなったふりをして机に突っ伏した。

幸久《ゆきひさ》の頭痛は意外と長引き、治るまで四日かかった。

朝のバス停で、彼は空を見あげた。ひさびさに健康な目で見る世界はたとえようもなくうつくしかった。雲の低く垂れこめた曇り空でもそれは変わらなかった。彼は母の失業もきっといい方向に転がるだろうと根拠もなく思った。

学校帰りにいつも降りるバス停だった。今日は駅に行くのに使う。

美波《みなみ》はすこし小さな歩幅で道の上の雪山を迂回《うかい》してきた。いつもとちがってヒールの高いブーツを履いているせいかもしれなかった。水色のロングコートは冬の冴《さ》えた晴天というより春の霞《かす》んだ空を思わせた。ベージュの長いマフラーにくるまった顔がいつも以上に小さく見える。特に荷物はなさそうなのにトートバッグを肩にかけていた。

幸久は自分の服を見おろした。黒のマウンテンパーカーに黒のパンツで、デートらしさがまるでない。

「待った?」

美波が足を速めて歩み寄ってきた。

「いや」

幸久は車道に目をやった。「ちょうどいいタイミング」

見慣れたバスが交差点を曲がってやってくるところだった。

平日の朝とちがってバスは空いていた。幸久と美波は車両中央よりやや後方の二人掛けシートに腰をおろした。美波がマフラーを解《ほど》いて膝《ひざ》の上でたたんだ。

窓側に座った彼女はずっと窓の外を眺めていた。

「海、見えないね」

「海が見えるのは一本向こうの県道だな」

「あの道、好きなんだよね。景色いいから」

いまバスが走っている道の右手から低い山が迫っていた。この町は山に押されて海に追い落とされそうになっているようなものだった。幸久の頭に、この町を出たいという思いがふっと浮かんだ。

バスの終点のすぐ目の前にある駅で電車に乗った。

並んで座った幸久と美波は何もしゃべらなかった。まるで教室移動の途中、たまたまとなりあって歩くことになったときのようだった。

学校でふたりのことを秘密にするのは、どちらから言い出したことでもなかった。幸久がそうしているのは、自分たちだけで引き受けるべきことだと思ったからだった。きっと彼女も同じように考えている。そんな価値観を共有しているのがうれしかった。

「どうしたの？」

彼女に言われて、幸久は知らず知らずのうちに彼女を見つめていたことに気づいた。

「いや……今日の服、いいなって思って」

「会ってすぐ言いなよ」

「タイミングがね」

彼が言うと、美波《みなみ》は背後の窓を見返って笑った。

一度乗り換えて、目的の駅で降りた。

エスカレーターに乗って地上の通りに出た。幸久《ゆきひさ》の眼前にひろがる光景は幼い頃、祖父に連れられて野球観戦に来たときに見たものとほとんど変わらなかった。路上に雪はあるが、人も車も多い。出海町《いずみまち》には見られない高層建築が道の両側に立ち並んでいる。

雪に降りこめられて閉塞しているのは自分やあの町だけなのではないかと幸久は思った。「冬」のせいで自分の未来が閉ざされかけていると感じていたが、世間の人々にとっては必ずしもそうではないのかもしれない。

「あれが神奈川県庁。横浜三塔のひとつ」

美波が通りの向こうにある建物を指差す。「通称キング」

「県庁がキング自称してんのか。若干イタいな」

「別に自称はしてないと思うよ」

「でも横浜ってそういうとこあるから」

道路の先にある赤レンガの建物に美波が目を向ける。

「あれが開港記念会館。通称ジャック。いま見えないけど、県庁の向こうにあるのが横浜税関。

これがクイーン。この三つを同時に見られる場所が三ヶ所あるから、それを全部まわると願い事がかなう」

「けっこう近いんだな。すぐコンプいけそう」

ふたりは県庁舎の正面側に移動した。車道を挟んで建つ庁舎は、三つ揃《そろ》うと願いがどうとかいうふわふわした話を拒絶するような厳《いか》めしい顔つきをしていた。「帝国」という感じの古めかしい建物の上に仏教寺院のような屋根を持った塔が突き出ている。薄緑色の屋根に積もる雪が玄関を飾る二本の柱よりも白い。建物の左側に開港記念会館の赤レンガ塔、右側に緑色のドームを持った税関の塔が見えた。

美波が下を向いてうろうろ歩きまわっていた。

「どうした？」

「三塔が見えるスポットだっていうプレートが埋めこまれてるらしいんだけど」

路面は踏み固められた雪が凍りついていて、その下がどうなっているのか見えなかった。

幸久は靴の踵《かかと》で雪を掘ってみた。ちょっと削ったくらいではアスファルトの路面は現れなかった。

「ここは諦《あきら》めるか」

「幸先《さいさき》わる〜」

県庁舎を背景にして美波は自撮りをしたり、ふたりで写真に収まったり、幸久に写真を撮らせたりした。くすんだ空と建物に彼女のコートの水色が浮いて見えた。

次のスポットを目指してふたりは通りを北上した。潮の香りが濃くなっていくのを幸久《ゆきひさ》は感じた。

大《おお》さん橋《ばし》に船は停泊していなかった。公式サイトに載っている写真では豪華客船が左右に停まっていたが、近頃では燃料の高騰でどの船会社も運航を取りやめているらしかった。

桟橋《さんばし》の上はウッドデッキになっていて、きれいに除雪がされてあった。ここでも地面にマークがあるというので、ふたりは下を向いて歩いた。

「あっ、これじゃない？」

美波《みなみ》が声をあげる。

木の床に白い塗料で三塔の模式図が描かれていた。

「これがここにあるってことは——」

彼女が顔をあげる正面に大さん橋ホールがあった。階段を使ってホールの屋上にあがる。

横断歩道で待つ位置を示すものに似た足形が白くペイントしてあった。三十歳くらいの男女がそこに立って写真を撮っていた。男の方はゆったりとしたコートを着て、布のショッピングバッグと小さな紙袋を手に提げていた。幸久はなんとなく、このふたりは夫婦なのではないかと思った。

彼らは幸久と美波に笑顔で会釈して場所を譲った。美波は彼らに軽く頭をさげてから白い足形の上に立った。写真を撮る彼女の傍《かたわ》らで幸久は三塔を眺めた。他の建物に紛れて三本の塔はそれと意識しなければ見分けられなくなっていた。

「でっけえ街だなあ」

海の上を数十メートル歩いただけなのに、さっきまでいた街を外から見ているのがふしぎだった。来た道をもどってあの街にたどりついても永遠に無縁の土地であり続ける気がした。

「私、横浜来るのはじめてかも。東京から出海町《いずみまち》行くのにいっつも素通りだったから」

美波が三塔と自分の顔とを画角に収めようと体をひねりながら言った。

沖の方に目をやると、ベイブリッジや埋め立てでできた島が見えた。

海を見るため、ふたりはウッドデッキの端に寄った。眼下に船の乗客や積み荷を降ろすスペースがあって、その向こうが海だった。いつも見ている海よりずっと低いところにあるように見えた。

「出海町の海の方がきれいだね」

「どうかな」

幸久の目には、この海も地元の海も、どちらがきれいだということもない、ただ暗く重たく波打つだけの陰鬱《いんうつ》なものと映った。

出海町には、港といえば小さな漁港がひとつあるだけで、そこ以外は人の手の加わらぬような海がひろがっている。「冬」が来るまではきれいな海だった。きれいさは「冬」にあっては何の役にも立たない。

幸久《ゆきひさ》は手を伸ばし、潮風に乱れる美波《みなみ》の髪に触れた。ほつれるサイドの髪を耳にかけ、指の先で彼女の頬《ほお》を撫《な》でる。

彼女はくすぐったそうに肩をすくめ、頬と肩の間に彼の指を挟みこんだ。

「どうしたの？　『海なんかよりおまえの方がきれいだよ』って？」

「いま言おうとしてたとこ」

幸久は手を引き抜き、マウンテンパーカーのポケットに収めた。

大《おお》さん橋《ばし》が陸地と接するあたりで堤防が横に突き出ていた。釣り人しかいない杜野《もりの》海岸のそれとはちがい、コンクリートタイルが敷かれ、ガス灯を模した街灯なんかもあって、おしゃれな遊歩道といった趣《おもむき》だ。その上の湾曲した道を歩いていると、また三塔を一望できるスポットがあった。足形と三塔の模式図をレリーフしたプレートが地面に埋めこまれている。目の前の海に雪を落とすだけなので、除雪がやりやすいようだった。

「これ……ジャック見えんくない？」

スマホを構えた美波が言った。

「確かに」

陸地と堤防に囲まれた小さな湾の向こうに、キングとクイーンの塔ははっきり見えるが、ジャックは県庁舎に邪魔されて先端がかすかに見えるだけだった。

ふたりのまわりには何組もカップルがいて、皆同じ方向にスマホのカメラを向けていた。その中でも美波はひときわ目立っていた。スタイルがいいし、顔も整っている。撮った写真を確認するためスマホに落とす目に長い睫毛《まつげ》がかかって、誰の理解も及ばない深い感情を湛《たた》えているように見えた。幸久は自分ひとりがみすぼらしく冴《さ》えない男であるように感じた。他はみんな、おそらくは彼より年上で、挙措からも落ち着きと自信がうかがえる。幸久は手袋を家に忘れてきたことを後悔しながらポケットに手をつっこんで立っていた。

出海町《いずみまち》にいるときには比較対象がいなかった。幸久と美波は、まるであの町の王と女王であるかのように誰の目も気にせず闊歩《かっぽ》していた。横浜に来てからはその権威が失墜してしまったようだった。

「さてと――」

美波がスマホをコートのポケットにしまった。「次行くか」

「次？」

幸久は足元のプレートに目をやった。「三塔が見えるのって三ヶ所じゃなかったっけ？」

「もうひとつ、赤レンガパークにある」

「じゃあ全部で四ヶ所ってこと？」

「そこ行ったら願い事もパワーアップする。一・三三倍」

「そんなシークレットあんのか」

一度陸地側にもどり、橋を渡る。新港《しんこう》地区は教科書で見た長崎の出島のように橋で陸とつながっている。

赤レンガ倉庫を左手に見ながら歩いていると、先程までいた堤防の背後に出た。三塔をさっきよりも遠い位置から一望する。その光景を写真に撮った美波《みなみ》がふりかえった。

「願い事、何にした?」

「そもそも何に対して願い事するの?」

「塔じゃない?」

「あれに?」

幸久《ゆきひさ》は湾の向こうに目を凝らした。曇り空の下で三本の塔はスケール感を失い、ミニチュアのように見えた。

「俺は『冬』が終わってほしいって願った」

「ここは『一生いっしょにいたい』とか言うとこでしょ、流れ的に」

美波があきれたように笑う。幸久は小さくうなずいた。

「『冬』が終わればいろんなことがうまくいくと思って。俺と美波のことも、たぶん」

美波が歩み寄ってきて、彼の手を取った。ニットの手袋が冷えた手を優しく包んだ。

「『冬』でもそうじゃなくても、私たちは何も変わらないよ。そうでしょ?」

彼女のことばに幸久は何も答えなかった。すぐ目の前の海を背の低い遊覧船が横切っていった。船尾のデッキには寒いのにたくさんの乗客がいた。スクリュー音にかき消されたか、彼らの声は幸久の耳に届いてこなかった。

昼食はハンバーガーにした。

フードコートの一角が南国風の内装になっていて、零下十度の中を歩いたあとでは悪い冗談のように映った。

注文して出てきたのは、よくあるチェーン店のものとはちがい、ボリュームがあってプラスチックの串を刺していないと形を保てないほどのものだった。美波と向かいあって座った幸久はずっしり重いそれを手に取り、かぶりついた。口の中に肉汁があふれ、その中にみずみずしいレタスやトマトの歯ごたえがある。バンズは香ばしくてふんわりと甘かった。

「うん、うまいな」

うまいけれども、口のまわりがケチャップとマスタードでべたべたになった。ペーパーナプキンで拭《ぬぐ》ったとしても、また次の一口で汚れてしまうだろう。あまりデートに向いていない食べ物なのではないかと彼は思った。

美波はと見ると、顔を埋めるようにしてハンバーガーにかじりついていた。鼻の頭にまでケチャップがついてしまっている。

「何?」

視線に気づいた美波《みなみ》が顔を突き出してくる。

「いや、別に」

幸久《ゆきひさ》は目を逸《そ》らした。美波がハンバーガーを目の高さに掲げる。

「やっぱアボカド入ってるのがよかった?」

「俺アボカド苦手」

「マジで言ってる? 世界一うまいでしょ」

彼女はふたたびハンバーガーをかじった。幸久はポテトを一本つまんで口に運んだ。

「ふだん野菜とか食ってんの?」

「最近は鍋作ってるよ。一人鍋。豚肉とほうれん草を茹《ゆ》でておろしポン酢で食べる」

「うまそう」

「一階寒いからさ、部屋に持っていって食べてる」

幸久は自宅にいる彼女を想像した。コートを脱いでニットだけになったいまの彼女の姿では、あの暖房もない冷えきった家に耐えられないだろう。せっかくの広い家なのに、彼女は自分の部屋に籠《こ》もっている。いま人の目も気にせずハンバーガーを頬張《ほおば》る彼女がなぜそんなふうに自由を制限された暮らしをしているのか、彼にはわからなかった。

「いつか食べに来なよ」

彼女に言われて幸久はうなずき、口元のケチャップを指で拭《ぬぐ》った。

昼食のあとは美波の買い物につきあうと決めていた。

ショッピングモールに向かう途中で幸久は足を止めた。

「あっ」

「どうした？」

となりを歩いていた美波が二、三歩進んでからふりかえった。

「俺、あれ乗りたい」

幸久の指差す方向に目をやった彼女は笑いだした。

「いいよ。乗ろう」

観覧車にはかつて祖父といっしょに乗ったことがあった。自分の家が見えるかと、ゴンドラがいちばん高くなったところで海の向こうに目を凝らしたが、これは東京湾で出海町《いずみまち》の海とは真逆の方角にあるものなのだと祖父に笑われた。そのときには横浜の街を見おろす巨大な建造物と映ったが、いま見ると奥にあるビル群よりもずっと小さかった。

「俺、高い所けっこう好き」

「私は苦手」

「じゃあやめとく？」

「落下したり急に動いたりしなきゃだいじょうぶ。風で揺れたりしないよね？」

「どうだったかな……。あ、でも床が透明なゴンドラならある。希望したら乗れるはず」

「希望しねえよ、そんなん」

観覧車に近づくと、遠くから眺めるよりはるかに大きく見えた。さっきまで観覧車を取り囲み見おろしているようだったビル群は運河の向こうに遠ざかり、カラフルなゴンドラを縁飾りのように提げた放射状の鉄骨が足元に小規模な遊園地をしたがえて屹立《きつりつ》している。

それを見あげながら歩いていた幸久《ゆきひさ》は、違和感をおぼえて立ちどまった。

「あっ」

「今度は何?」

美波《みなみ》が笑いながらふりかえる。

幸久は道の真ん中で観覧車を見つめた。

「これ……動いてなくない?」

「えっ? ……あ、ホントだ」

遊園地の入り口に張り紙がしてあった。大雪による不具合のため、観覧車を含むアトラクションのすべてを休止しているということだった。ジェットコースターのレールには雪が積もり、観覧車のゴンドラからはつらら が垂れさがっていた。

幸久はいま立っている地面が揺らぐような錯覚におちいった。暗い空を背に白く立つビル群やさっき見た三塔は、ただ立っているだけでいい。だが観覧車は、高校の校舎の正面にある壁掛け時計のように、彼が見ていないところでも変わらず動いていてほしかった。昼頃からずっと視界に入っていながら止まっているのに気づかなかったことがなんだか不気味に思われた。

「また来ればいいよ」

美波が明るい声を出す。

幸久が観覧車を見あげたまま動かないでいると、彼女に手を引かれた。彼はこの海を埋め立てて造られた土地が不確かで信用できないものであるかのようにゆっくりと歩を進めた。


ショッピングモールの入り口は融けた雪で床が滑りやすくなっていた。足元がヒールブーツで不安定な美波が幸久の腕にすがりついた。彼は腕にかかる重みを感じ、濡《ぬ》れた床をしっかりと踏み締めて歩いた。

自動ドアを抜けると、四階まで吹き抜けのエントランスホールがあった。中央にクリスマスツリーが飾られている。雪の結晶を模したオブジェが天井から吊《つ》りさげられ、内蔵のＬＥＤでツリーを照らす。雪に覆われた天窓から差しこむ弱い光の下でそこだけがまばゆく見えた。

「もうそんな季節なんだね」

美波が幸久のそばを離れ、ツリーを囲む人の輪に加わった。

幸久は彼女の背後に立ち、雪のオブジェを見あげた。

「ホワイトクリスマスか」

「もうそれがふつうなのにね」

彼女はスマホを構えたままふりかえり、ほほえんだ。

エスカレーターで二階にあがると彼女は近くの店に入り、洋服を物色しはじめた。コートやニットやスカートやパンツを次々に手に取り、体に当てる。試着するのでそれを買うのかと思いきや、店員に返して別の店に移る。どの店もどの服も、幸久《ゆきひさ》の目には同じに見えた。

「何か欲しいのあるの？」

「いいのがあればって感じ」

そう言いながら彼女はハンガーにかかった服をすばやく指で繰る。欲しいものもないのに商品を見続けるというのが幸久には理解できなかったが、釣具店で買う気もないのにロッドやルアーを手に取るのと同じことなのだろうと一人合点した。

まるで検品だとか棚卸だとかのような彼女の手つきをおもしろがって眺めていたが、だんだん飽きてきた。彼女が試着室に入るときは居場所がないので、多少は興味の持てるスニーカーを見に行った。

フロア中の店をひととおり見てまわったが、彼女は何も買っていなかった。

「別のとこ行こうか」

すこし歩いて別のショッピングモールに行った。美波《みなみ》がまた服を見はじめる。

幸久はのぼせたような感じがしてマウンテンパーカーを脱いだ。それでもまだ頭がぼんやりするので店の外に出た。柱に寄りかかり、フリースジャケットのジップを半ばまでおろす。

目の前の通路をたくさんの人が行き交う。その手には色とりどりの紙袋やビニール袋が提げられていた。幸久はその中身を想像しようとしたが、明確なイメージを頭に浮かべることができなかった。袋の大きさはまちまちで、その持ち主も老若男女さまざまだ。彼らがどこから来ているのかわからないし、買ったものを家で使うのか、持ち歩くのか、それとも人に贈るつもりなのか、見当もつかない。

その見当のつかなさ、わからなさが幸久の住む町、住む家にはないものだった。昨日も今日も、そしてきっと明日も、なすすべなく雪に覆われている。何もかもが予想の範囲内にある。彼はもうあの町に帰ることなく、このうだるような空気の中にずっといたいと思った。

美波が店から出てきた。手には何も持っていない。

「疲れた？」

幸久は寄りかかっていた柱から身を離した。

「いや」

「どっか座ろっか」

ふたりはカフェに入った。

屋外の広場に面した店で、遠くに先程の観覧車が見えた。テラス席でもあれば景色がよさそうだが、この寒さでは長くは座っていられそうもなかった。

店内は混雑していて暑かった。幸久《ゆきひさ》は冷たいラテを一息にカップの半分まで飲んだ。

「何かいいのあった？」

彼が尋ねると、美波《みなみ》は頭を振った。

「いまは時期が悪いから」

「時期とかあるんだ」

「年明けたらすぐセールだからね。新作はもう出ない」

彼女はフラペチーノをストローで勢いよく吸った。「幸久は？　何か買わないの？」

「特に欲しいものがない」

幸久はカップの表面に浮いた水滴で掌《てのひら》を濡《ぬ》らした。

美波がトイレに立ち、彼は店内を見渡した。彼の最寄り駅のそばにもある、別にめずらしくもないチェーン店だが、土地柄なのか客が皆おしゃれに見えた。正面にある空っぽの椅子《いす》の背もたれに水色のコートがかかっている。彼女がいなければここはもっと居心地の悪い場所になっていただろうと幸久は思った。

となりのテーブルの親子連れと思《おぼ》しき三人組が立ちあがった。三歳くらいの男児が電車のおもちゃを振りまわして幸久のテーブルにぶつけた。父親らしき男性が幸久に向かって頭をさげる。幸久は男児にほほえんでみせた。

三人が店の外に出て上着を羽織るのを幸久は窓越しに眺めた。スウェットシャツにジーンズにスニーカーという目立たない格好だった男性が膝《ひざ》まである黒のロングコートを着ると、急に洗練されて見えた。三人は男児を挟んで手をつなぎあって歩いていった。

美波が席にもどってきて、ストローをくわえた。

「ちょっと早いけど、中華街に行く？」

幸久はラテを飲み干した。

「その前に、買いたいものが見つかった」

「何？」

「コート」

「選ぶの手伝うよ」

美波がフラペチーノを底まで吸い尽くした。

「助かる」

幸久は椅子にかけてあったマウンテンパーカーを丸めて脇《わき》に抱《かか》えた。

モール内にもどって今度はメンズのショップをまわった。

ハンガーにかかっているロングコートはどれも同じに見えたが、着てみるとちがいに気づかされた。値段は一万円しないものから一月分のバイト代が吹き飛んでしまうものまであった。

美波に勧められ、値札に怖気《おじけ》づきつつ袖《そで》を通してみると、高価なものは生地が柔らかく、表面の光沢がうつくしかった。

最初に行ったモールまでもどって、ようやくしっくりくるものを見つけた。黒いステンカラーコートで、身幅がゆったりしていて丈は膝《ひざ》のすこし上くらいまである。玄関先の雪かきをするときと大差ないような服装がコートですっぽり覆われて、一気に他所《よそ》行きの格好になった。ボタンを全部開けて歩くと、厚いウールの生地が重たく揺れて視線を誘った。こんな長いコートははじめてで気恥ずかしかったが、いままで見たことのない自分になる喜びの方が大きかった。

「どうかな」

幸久《ゆきひさ》は鏡の前に並んで立つ美波《みなみ》に尋ねた。

「すごくいい」

彼女は鏡越しにほほえんだ。

「マフラーも欲しくなってきた」

「何色にする?」

「ベージュ」

幸久が言うと、彼女は首元に目を落とした。

「お揃《そろ》いじゃん」

「だからその色がいいんだ」

彼はコートもパンツも靴も黒一色の自分の姿とカラフルな美波とを見くらべた。彼女は自分のマフラーの端をつまんでうなずいた。

売り場からベージュのマフラーを持ってきた彼女は幸久の首にふわりとかけてみせた。

「どう?」

「巻き方わかんない」

「貸して」

彼女はマフラーの端を持って幸久の首に巻きつけた。首のうしろにまわすとき、背伸びするような格好になり、顔と顔とが思いがけず近くなった。彼女の髪がかすかに香った。

ネクタイのような結び目を作ると、彼女は幸久の腕を取り、鏡に向かって並んで立たせた。

「ほら」

幸久は鏡に映る自分に向かってうなずいた。

「これにする」

マフラーとコートを合わせると彼が月に稼ぐ額の半分をすこし超えた。どちらもこのまま着ていくことにして、マウンテンパーカーは紙袋に入れてもらった。

店を出てモールの通路を歩く。

ショーウィンドウのガラスにふたりの姿が映った。背の高さはちがうが、ふたりとも丈の長いコートを着て、同じ色のマフラーを巻いている。

「ようやく美波のとなりを歩くのに似合う格好になった」

幸久《ゆきひさ》が言うと、美波《みなみ》は彼の手を握った。

「ずっと似合ってるでしょ」

中身のわりに大袈裟《おおげさ》な紙袋の角が彼の脛《すね》に当たった。


地元の町にもどる頃には雪が降りだしていた。

電車を降りた幸久は、はずしていたマフラーを結びなおした。

「これでいいかな?」

「うん」

美波が結び目に軽く触れる。

「動画とか観《み》て練習しないとな」

「適当に巻くだけでもいいけどね」

駅にひとつだけのホームは人もまばらだった。天井の光に照らされて、雪が闇《やみ》の中から生じて線路に降りかかるように見えた。

ホームに架かる斜めの屋根は格子状の鉄骨が剝《む》き出しになっていた。幸久はさっきまでいた中華街を思い出した。雪に備えるため、あのカラフルな街の上に屋根を架けてアーケードにする工事中だった。見所のひとつであるエキゾチックな街の光景に大きな変化を加えてでも「冬」に抗おうとする人たちがいる。幸久は夕食の店を決めかねて歩きまわりながら、まだ骨組みだけの屋根を何度も見あげた。

　改札口を出ると、めぼしいものは何もなかった。横浜のように駅ビルがあったり地下からあがってビル街の真ん中に出るわけではない。終点の駅で、目の前にあるバス停も終点なのに、ロータリーなどはなく、二車線の車道に沿って何食わぬ顔で並んでいる。歩道の先にあるコンビニの向こうには昼間なら低い山が見えるところだが、いまは夜空に隠れていた。

　ポケットのスマホが震えた。母からメッセージが来ていた。

雪降ってきたから気をつけて

「誰から？」

「うちの母親」

　母には土産《みやげ》を買ってきてあった。中華街のエッグタルトだ。美波が買って帰るよう勧めてくれたものだった。

「俺ひとりだったらお土産って発想なかったわ。言ってくれて助かった」

　幸久は手に提げたビニール袋を軽く持ちあげた。

「自分が食べたかっただけだけど」

　美波は肩のトートバッグをかけなおした。中でビニール袋がかさりと音を立てた。

「美波《みなみ》って意外とちゃんとしてるよな」

「意外、とね」

ふたりはバス停に向けて歩きだした。

「これけっこうでかいのに店の前で一個丸ごと食ったのはビビったわ」

「だってめっちゃうまいよ」

「でもメシもガッツリ食ったあとだし、デザートも頼んでただろ」

「毎日お母さんの手料理食べてる幸久《ゆきひさ》とちがって、美味《おい》しいものに飢えてんだよ」

いたずらっぽい美波のほほえみから幸久は目を逸《そ》らした。失業のことで母を責めたことが思い出され、心苦しくなった。内心で母のことを「何もしていない」と決めつけたが、何もしていないのは彼自身の方だった。母は働いて、食事を作ってくれる。彼に残された唯一の家族でいてくれる。彼の学校もバイトも、母がしてくれることの上に成り立っている。

彼は手にしたままだったスマホで母にメッセージを送った。

いま駅出た
もうすぐ帰る

「お母さんに？」

「うん」

「お土産《みやげ》のこと話した？」

「サプライズにする」

「きっと喜ぶよ」

美波に言われ、彼はうなずいた。

バス停の時刻表を見ようと、彼は顔を近づけた。屋根の下の照明は薄暗く、細かい文字を読むには不充分だった。

「バス行ったばっかだな。次は三十分後」

そう言って彼はふりかえった。美波は屋根の下にいなかった。道の上に立って夜空を見あげている。

「歩いて帰らない？」

「え？」

「海が見える道を通ってさ」

「一時間かかるけど」

「いいじゃん。まだそんな遅くないし」

幸久は屋根の下から出た。かすかに散る雪がコートの表面に落ち、跡も残さず消えた。昼間よりも気温はさがっていたが、耐えられないほどではなかった。

「じゃあ歩くか」

彼はマウンテンパーカーの入った紙袋とお土産《みやげ》のビニール袋を右手にまとめて持ち、左手を差し出した。美波《みなみ》がその手を取った。

狭い歩道をふたりは歩きだした。街灯がすくないせいか、道の両側の建物が低くて夜空が広く見えるせいか、頭上から闇《やみ》がのしかかってくるような錯覚におちいった。駅に近いところでは小さな商店や診療所などもあったが、次第に住宅だけになる。

幸久《ゆきひさ》はさっきまでいた街のことを思い出していた。そこでは高層ビルが明かりの点《つ》いた窓を空高くまで連ね、異国情緒あふれる看板が色とりどりに輝き、道行く人たちは何かの期待感に浮かされたような足取りで歩を進めていた。今日一日が夢のようだと彼は思った。暗い中でさめる夢は目をつぶればすぐにでも元の夢にもどれそうで、いまいる世界をいっそう暗く見せた。

「あらためて見ると、何もない町だな」

「でも落ち着くよ」

美波がつないだ手をことさらに大きく振る。ふたりの雪を踏む音が川のせせらぎに重なった。幸久は横浜の歩道がきれいに除雪されていたことを思い出した。背後から氷を噛《か》むような音が聞こえてきた。一台の車がふたりを追い越そうとしていた。路面が凍りついているために慎重な走りだ。幸久は美波の手を引き、川の方に寄った。腐ったような潮の香りが柵《さく》の向こうの川面《かわも》から立ちのぼっていた。

「今日横浜にいた人も家帰ったらこういう町だったりするのかな」

「でも住んでるとこ訊《き》かれたら『横浜』って答えてそう」

両側から住宅が迫って狭くなった道路にふたりの笑い声が響いた。笑いすぎたのか、美波が咳《せ》きこむ。

「だいじょうぶ？」

「うん」

ひとしきり咳《せき》をしたあとで彼女は幸久の肩に頭を預け、深く息をついた。幸久はすこし歩を緩めた。

「俺は住んでるとこ訊かれたら、ふつうに『出海町《いずみまち》』って答えるかな。あんま訊かれたことないけど」

「私は……何て答えるんだろう。わかんないな」

美波は彼の肩から頭をあげ、目元を指で拭《ぬぐ》った。

「海が見える道」と彼女は呼んだが、海は見えなかった。昼間でも家の隙間《すきま》やコンビニの駐車場の向こうにのぞくだけだったので、日が落ちたいまでは風の中にかすかな気配を漂わせるだけだった。幸久は気が急《せ》いた。今日のデートで得たものもあったが、うまくいかずに失望させられたものもあった。一日の締めくくりとして、彼女の見たがった海をいっしょに見て終わりたかった。彼はつないだ手に力をこめた。

杜野《もりの》海岸線とは名ばかりの、住宅街の中を走る道がようやく海のそばに出た。ガードレールも柵《さく》もなく、道のすぐ外、二メートルほど下が砂浜になっている。砂の上に積もった雪が波に融かされ、もとより狭い浜をいっそう狭く見せた。

ふたりは歩道の縁に立ち、寄せてくる波と向かいあった。

「海が近いね」

美波《みなみ》が足下《あしもと》の闇《やみ》を見おろしてつぶやいた。

「うん」

幸久《ゆきひさ》は靴の爪先《つまさき》が道の縁から突き出ているのに気づき、すこし足を引いた。

「ちょっと近すぎるかも」

「俺も近すぎてたまに不安になる」

「ずっと住んでるのに？」

「台風のときとか」

思い返せば、昼間見た横浜の海は陸の人間からうまく遠ざけられていた。飼い馴《な》らされた犬のように決められた場所の中でおとなしくしていて、まったく危険は感じられない。だが目の前の海は近くて、隙《すき》あらばこちらの領域にあがりこんで喉笛《のどぶえ》に食いついてきそうな怖さがある。

美波の言っていた「山に囲まれた町」とはどんな感じなのだろうと彼は考えた。もしそこに住めば遠い海を懐かしく思い出すこともあるだろうか。むしろ忘れようとしても忘れられない気がする。この潮の香、波の音からはけっして逃れられない。見えないところから忍び寄り、嚙《か》みついて深みに引きずりこもうとする。

「『冬』じゃなかったら海で遊べたのにね」

美波の言う冬がどちらを指すのかわからなかったが、どちらでもいっしょだと思い、幸久はうなずいた。

「ねえ――」

彼女が手を引いて彼の体を揺さぶった。「もう十二月だよ。一年終わるの早くない？」

「季節感がないから」

彼はバランスを崩しかけ、足を踏んばってこらえた。

「幸久は試験勉強してる？」

「してる。美波は？」

「私もしてる」

「こういうとき『してない』って言わないと会話終わるな」

幸久が言うと美波は笑った。

「じゃあ進路調査票は？　年明けたら出すでしょ？　幸久はどうするか決めた？」

「どこ受けるかはだいたい決めてあるけど、志望順位はまだ微妙」

「いっしょのとこにしようよ」

「考えとく」

幸久《ゆきひさ》の大学選びは、偏差値や立地だけでなく、奨学金の条件も考慮に入れなければならなかった。給付型の奨学金を得るには高校や入試の成績で他の受験生を大きく上回る必要がある。親の収入が水準以下という条件を設けるところもあるが、そちらは問題ないだろう。

家で勉強しているときにも考えがそうした方向に逸《そ》れてしまって集中できないことがよくあった。勉強すること自体が無駄なのではないかと思ったりもする。同級生たちはこんなことで悩まないだろうと思うと、寂しくも感じた。

「大学、今年はオンライン授業ばっかりだったみたいだけど、どうなるかな」

美波《みなみ》が雪を蹴《け》って浜に落とした。それを真似《まね》して幸久も爪先《つまさき》で道の縁から雪を払い落とした。

「電車が止まるのはいまと変わらないだろうし、やっぱオンラインだろ」

「でも、私たちが入学する頃にはよくなってるよ」

「なんで?」

「そんな気がするから」

「ふわふわしてんな」

「悪くなる気がするよりよくない?」

幸久は彼女を遠く感じた。そんなふうに根拠もなく未来を信じることなどできない。楽天的でいるにはあまりに悪条件が揃《そろ》いすぎている。

暗い海を見つめていると、ひとり闇《やみ》に呑《の》まれていくような気がした。だが、つないだ手のぬくもりが彼を彼女のとなりに引きもどす。波が寄せて返すように、彼の心は彼女から遠ざかり、また寄り添った。

彼女が海に向かって吐くような咳《せき》をした。彼も冷たい風が喉《のど》の奥に吹きこんだように感じて咳《せ》きこんだ。

彼女が軽く腰を屈《かが》めて顔をのぞきこんできた。

「真似した？」

「いや、伝染《うつ》った」

彼は笑って口元をマフラーで覆った。

しばらく海を眺めたあとで、ふたりはまた歩きだした。

海はすぐにまた建物に隠れて見えなくなった。狭い二車線の県道で、もともとあったりなかったりする歩道は脇《わき》に寄せられた雪のせいですっかり塞《ふさ》がれていた。ふたりは車道に出て歩いた。通る車はなかった。

県立美術館の前を通り過ぎたところで美波が足を止めた。

「ねえ、あれ――」

彼女の指差す方を見ると、鹿《しか》がいた。

立派な角を持った牡鹿《おじか》がセンターラインをまたぐような格好で立っている。杜野《もりの》海水浴場で出くわしたときとちがって街灯の下なので、枯れ枝のような角の質感も、白い尻毛《しりげ》の縁に入った黒い線もはっきり見えた。

「前に言わなかったっけ、バイト行く途中で鹿《しか》を見たって」

「危ないよ」

もっと近くで見ようとして一歩踏み出した幸久《ゆきひさ》の腕を美波《みなみ》が引いた。鹿はカーブしていく道の先に顔を向けていて、ふたりの方には目もくれなかった。

幸久は危険など感じなかった。むしろ、本来いるべきでない場所に立ちつくす鹿に対して親しみすらおぼえていた。顔を見れば、あのとき会ったのと同じ個体かどうかわかるのではないかと思った。

「平気だよ。前に見たときも何もなかった」

歩み寄ろうとした彼の腕をふたたび彼女が引いた。その指はコートの生地越しに鋭くとがって感じられた。

彼はふりかえった。

「だから平気だって」

「車」

言われて前を見た。

光の中で鹿がシルエットと化していた。幸久はまぶしさに目を細めた。鹿がこちらに顔を向けたような気がした。

　カーブの向こうから走ってきた車が鹿を避《よ》けようと急ハンドルを切った。凍りついた路面でスピンし、ヘッドランプが一瞬見えなくなる。

　ボンネットが鹿を横薙《な》ぎに撥《は》ね飛ばした。鹿は脚を上にして吹き飛び、幸久たちがいるのとは反対の歩道に叩《たた》きつけられた。それを追うように、制御のきかなくなった車が滑っていき、横っ腹を電信柱にぶつけて止まった。

　交通事故に遭うと世界がスローモーションに見えるというが、幸久はすごいスピードで起こる異常事態に自分だけが取り残され、停止しているように感じた。彼は腕をつかんだままの美波の方を見た。

「だいじょうぶか？」

「うん……」

　彼女は大きく目を見開いたままうなずいた。

「ちょっと見てくる」

　幸久は手にしていた袋を地面に置き、車道を横断した。ふたりの他に歩行者はおらず、通りがかる車もなかった。

　歩道に横たわる鹿は微動だにしなかった。さっきまでまっすぐに立ち、体を支えていた四本の脚がいまは束になって地面に打ち棄てられている。幸久は鹿の背中側から近づき、顔をのぞきこんだ。驚くほど大きくて黒い目が訴えかけるような視線を彼に向けていた。まるでそのまま凍りついてしまったかのように鹿《しか》は頬《ほお》を地面に張りつかせていた。顔のわりに小さな口から白い息が立ちのぼる。頭の角が何を刺すでもなく虚《むな》しくとがっている。

背後が明るかった。車は白のセダンで、電柱に激突した運転席のドアが大きくへこんでいた。ドライバーはスーツ姿の男だった。助手席に向かって倒れこむところをかろうじてシートベルトに支えられている。同乗者はいないようだ。

幸久《ゆきひさ》は美波《みなみ》の方をふりかえった。

「救急車を呼んどいてくれ」

「わかった」

車道の向こうで彼女が大きくうなずく。

幸久は割れた窓から車内をのぞきこんだ。

「だいじょうぶですか?」

呼びかけても返事はなかった。ドライバーの鼻から血が垂れて、ジャケットの胸に染みを作っていた。

幸久はスマホのライトを点《つ》けてドライバーの胸を照らした。しばらく観察していたが、動きはない。呼吸が止まっているようだ。

窓から手を入れてロックを解除したが、ドアは電柱と衝突して大きく変形してしまっているのでびくともしなかった。反対側にまわり、助手席のドアを開ける。

車内には割れたガラスが散乱していた。彼は手をコートの袖《そで》の中にひっこめ、助手席の上のガラス片を払いのけた。シートベルトをはずし、腋《わき》の下に手を差し入れてドライバーを車からひっぱり出す。

そのまま彼を路地の奥へと引きずっていき、地面に横たえた。バイト先で講習を受けたので、心肺蘇生《そせい》の手順はわかっていた。胸の真ん中で手を重ね、胸骨圧迫をはじめる。人形で練習したときのことを思い出し、全体重をかけて胸を押す。何かの歌のリズムに合わせて圧迫するとよいという話だったが、歌というものがひとつも出てこなかった。仕方なく、ただ回数を数え続けた。

三十回行ったところで耳をドライバーの顔に近づけた。呼吸音は聞こえない。鼻血が垂れて唇《くちびる》にもついているので、感染症対策で人工呼吸は行わないことにした。

横たわる男の輪郭がいびつなことに気づいた。右の側頭部が膨れて、人間らしい表情がそれに呑《の》みこまれてしまっているように見えた。幸久はそこから目を逸《そ》らして胸骨圧迫を再開した。

「幸久、だいじょうぶ？」

美波の近づいてくるのが気配でわかった。

「そこの美術館に行ってきてくれ」

幸久は顔をあげずに答えた。「ＡＥＤがあるはずだから、それを頼む。あと、なるべくたくさん人を呼んできて」

彼女は返事もせずに走り去った。

本当は、そばにいてくれと言いたかった。ひとりぼっちで人の命と向きあうのが怖かった。地面に突いた膝《ひざ》が冷えて痛んだ。

圧迫の回数を数えていたのが、いつの間にか「がんばれ」ということばに変わっていた。ドライバーに対してのことなのか、自分に向けているのか、わからなかった。腕に力をこめているため次第に息が切れ、ことばは不明瞭《ふめいりょう》になっていった。

近づいてくる足音が聞こえた。美波《みなみ》が去ったのとは反対、路地の奥からだ。

「どうしたの？　その人だいじょうぶ？」

顔をあげると、女性が立っていた。幸久《ゆきひさ》の母よりずっと年上に見える。部屋着らしきフリースの上下の上にダウンのコートを羽織っていた。

「交通事故です」

幸久は胸骨圧迫を続けながら答えた。

「あなたのお父さん？」

訊《き》かれて彼は地面に横たわるドライバーを見た。顔の上に雪が薄く降り積もり、もう人相は見分けがつかなくなっていた。

「僕はただの通りすがりです」

「救急車は?」

「呼びました。いま、ツレがAED取りに行ってます」

圧迫の回数を忘れてしまい、彼は手を止めた。ドライバーの口元に耳を近づける。呼吸音はない。

「代わろうか?」

女性が彼のとなりに屈《かが》みこむ。

「お願いします」

彼は立ちあがり、場所を空けた。

「こうやってやればいいの?」

女性は彼がやったような形で手を胸に置く。

「思いきり押してください。胸の骨が折れてもいいくらいの勢いで」

彼は乱れた呼吸を整えようと深く息を吸った。冷気が胸の奥まで入りこんできた。全身にじっとり汗をかいていることに気づいた。

「これ、意外ときついね」

女性が上体を押しこむようにしてドライバーの胸を圧迫している。

「代わります」

彼はひとつ息を吐いて彼女と交代した。

「近所の人を呼んでくるね」

彼女は路地の奥へともどっていった。

胸骨圧迫を続けていても、ドライバーの様子に変化はなかった。本当はもう駄目なのではないかと幸久《ゆきひさ》は思った。これ以上心臓に刺激を加えても、相手は息を吹き返さないのではないか。それなのに、教えられた動作を空しく続けている——「冬」が来て以来、こんなことをずっとくりかえしてきたような気がした。

「幸久——」

美波《みなみ》が赤い手提げ鞄《かばん》のようなものを持って走ってきた。うしろには制服を着た警備員二人と美術館の職員らしき女性一人をしたがえている。

「誰か代わってください」

警備員の一人に胸骨圧迫をまかせ、幸久はＡＥＤの電源を入れた。音声ガイドが流れる。その指示にしたがってドライバーのシャツの前を開け、肌着をまくり、電極パッドを貼《は》りつけた。ＡＥＤが心電図を解析し、電気ショックの必要性を認めた。充電が完了すると、幸久はショックボタンを押した。音声ガイドが心肺蘇生《そせい》を再開するよう告げる。警備員が胸骨圧迫に取りかかる。

先程の女性が同じような年恰好《かっこう》の男女三人を連れてもどってきた。倒れたドライバーのまわりを多くの人が取り囲み、入れ代わり立ち代わり心肺蘇生を試みる。

もう幸久はひとりではなかった。胸を押す手が疲れれば代わってもらえるし、どうすればいいかわからないときは相談することもできる。それでも彼が感じていた心細さや不安は消えなかった。

救急車のサイレンが聞こえてきた。幸久は集まってきた人々の間から抜け出て車道の方に歩きだした。すこし離れたところに立っていた美波と目が合う。

「ちょっと行って誘導してくる」

そう呼びかけると、美波はうなずいた。走って乱れた息をまだ白く顔のまわりにまとわりつかせている。

幸久は車道に出た。走ってくる救急車に向かって手を振る。救急車は路地を塞《ふさ》ぐような格好で停まった。

三人の救急隊員が降りてきた。オレンジ色の鞄を手に提げた一人に幸久は声をかけた。

「怪我《けが》人はそこの車のドライバーで、たぶん頭を打ってます。呼吸が止まっていたので、すぐに胸骨圧迫をして、ＡＥＤの電気ショックもやりました。でもまだ呼吸はもどってないです」

彼の説明に救急隊員はうなずき、他の隊員と目配せをして怪我人の方へ駆けていった。

心肺蘇生をしていた人々が立ちあがり、救急隊員に場所を譲った。プロの手で胸骨圧迫が再開され、手動のポンプで人工呼吸も行われた。救急車のサイレンに誘われて近くの家から野次馬が顔を出す。すべての影がランプの赤に染まる。

奇妙に華やいで見える光景に幸久《ゆきひさ》は背を向けた。いつの間にかマフラーが解《ほど》けて首から垂れさがっていた。よく見ると、先端に大きな血の染みができている。彼はマフラーをはずし、手の中で丸めた。

結局、あのドライバーを救えなかった。打算もなく人を助けたいという衝動のまま動いても、それは何にもならなかった。もう体のどこにも力が残っていない気がした。手はかじかみ、膝《ひざ》は濡《ぬ》れ、全身の震えが止まらなかった。

リアゲートが開けっぱなしで乗り捨てられたように見える救急車の脇《わき》を通り抜け、県道にもどった。

さっきまで何事もなく美波《みなみ》と歩いていた道だった。そのときとくらべて何も失わず、どこも傷ついていないはずなのに、彼はすっかり自分が変わってしまったような気がした。もしかしたらいま気づいたというだけで、本当はずっと前に変わってしまっていたのかもしれない。

電柱に激突した車はがらんどうで、どうしようもなく無防備に見えた。それを迂回《うかい》して歩くと、積もりはじめの雪に交じったガラス片が靴底に障《さわ》った。

鹿《しか》はさっきまでと同じ格好で歩道に横たわっていた。その体は雪に埋もれつつあった。口と鼻から流れ出た血は雪に吸われ、色しか残っていない。

幸久はひざまずき、鹿の腹に触れてみた。思っていた以上に毛は長く柔らかかった。その上に薄く積もる雪は彼の掌《てのひら》の熱で融けた。毛皮の下にぬくもりはなかった。

彼は鹿の目に視線を落とした。黒く大きな瞳《ひとみ》はいまや何も映さず、脆《もろ》いだけの球と化していた。角を握ると、しっとりと体温の馴染《なじ》んでいく感覚があった。頭が傾き、口からあたらしい血が流れ出して雪の上に溜《た》まった。

手の届くところにあるものもすべて手の中から滑り落ち、取り返しのつかないほどに壊れてしまう。もう彼にはそれを止める術《すべ》がなかった。

自分が泣いていることに気づいたのは、顎《あご》の下に溜まる雫《しずく》の冷たさを感じたときだった。頬《ほお》を伝ううちに熱を奪われた涙は、氷のように冷えて彼の体から離れ、落ちていった。

彼は涙を追いかけるようにして雪の路面に額《ぬか》づいた。許しを請いたかった――「冬」の中で壊れていったもの対して、そして「冬」そのものに対して。

どうか自分だけはこの凍てついた空気の底から救いあげてほしい。どうか自分をこれ以上壊さないでほしい。

涙が出るのは悲しいからではなかった。ただ怖かった。握り締めた雪の粉が熱く膨れた指に刺さった。

「幸久――」

美波の声が上から降ってきた。幸久は顔をあげなかった。

彼女がとなりで屈《かが》みこむ気配を感じた。背中に手が置かれる。それは彼の手の中にあるときとはまったくちがうものだった。もっと温かく、もっと繊細で、体の末端というより何かを伝える中継地点だった。

「幸久《ゆきひさ》はがんばったよ。自分を責めることなんかない」

彼女の手が背中をさする。

幸久は雪に顔をつけたまま動かなかった。涙は「冬」の間に凍りついた道を融かすのには足りなかった。

第四章

目がさめると部屋が真っ暗だった。

スマホで時刻を確認したかったが、毛布の下から手を出す気になれなかった。寝汗が気化して髪の毛の隙間《すきま》から体温が逃げていくのを感じた。幸久《ゆきひさ》は毛布の下に潜《もぐ》りこんだ。いっそう暗い中で膝《ひざ》を抱《かか》える。重たくのしかかる掛布団と毛布がふしぎな安心感をもたらした。

体がだるかったが、熱はないようだった。二の腕の筋肉が痛む。なぜか動悸《どうき》が激しい。しばらく毛布の下の暖かく薄い空気を吸ったあとで、意を決して手を伸ばし、スマホをつかんだ。隙間から冷気が這入《はい》りこもうとするので、二枚貝のように布団を閉じる。手癖で天気予報を確認し、クラスのグループトークに「リモート」の文字がないかチェックする。

闇《やみ》の中でスマホの画面は目に痛かった。彼女からのメッセージはない。

週明けはいつも学校を休みたくなるが、今日はいつにもまして行くのが嫌《いや》だった。気持ちよりもまず体が拒否反応を示しているようだ。

幸久は昨日撮った写真を表示させた。横浜の街と美波《みなみ》。曇り空の下に並ぶ三塔とせいろの中の小籠包《しょうろんぽう》を撮影する彼女。汗臭くて息苦しい毛布の下からはあまりに遠い場所だった。

いつも聴いている歌を流してスマホの画面を布団の上に伏せる。女性の歌い手が字余り気味の詞をメロディにむりやり乗せて歌う。いつも聴いているはずなのに、どうして昨日は頭に浮かばなかったのだろうか。記憶の底から嫌なイメージが湧きあがってくるのを止めようと、彼は顔を布団に押しつけた。

アラームが鳴って、彼は顔をあげた。いつの間にか眠っていたようだ。プレイリストの曲はすべて流れたあとだった。彼は覚悟を決めて布団から出た。

一階におりると、母がテレビを観《み》ながらお菓子を食べていた。

「幸久も食べる?」

そう言ってエッグタルトの載った皿を差し出してくる。

「いや、いい」

幸久は台所に行き、パンをトースターの中に並べた。

母が皿を手にやってきて、食卓の椅子《いす》に座る。

「だいじょうぶ?　学校行ける?」

「なんで?」

「昨日たいへんだったでしょ。警察にいろいろ訊《き》かれたりして」

「すぐ終わったから」

昨夜、救急車からすこし遅れてパトカーがやってきた。事故の目撃者である幸久と美波は事情聴取を受けた。美術館の職員が事務室を使わせてくれたので、寒い思いはしないで済んだ。

事故の状況は一見して明らかなので、ふたりの証言が疑われることもなく、むしろ警官はふたりを労《いた》わるような様子を見せた。救命処置をすぐ行ったことは感心された。ドライバーの容態について幸久《ゆきひさ》は何も訊《き》かなかった。

「事故に出くわすなんて運悪かったね」

母がマグカップに牛乳を注いで飲む。

「うん」

幸久はトースターからパンを取り出し、皿に載せた。

「なんであんなとこ歩いてたの？」

「バスの時間が合わなくて」

「夜は危ないよ。道路狭いんだから」

「次からはバス待つ」

あまり焼けていないトーストに彼はマーガリンを塗った。

母があらたなエッグタルトにかぶりつく。

「これホント美味《おい》しい。またお土産《みやげ》に買ってきて」

「横浜行くときあったらね」

幸久はトーストの角をかじった。起きたばかりのせいか、砂を噛《か》んでいるような味しかしなかった。

朝食を済ませると、制服に着替えて家を出た。昨夜の降雪はすくなく、家の前の雪かきもすぐに終わった。幸久は雪かきスコップを玄関の靴箱に立てかけ、あがりかまちに置いてあったリュックを背負った。

家の敷地を出て細い坂道をのぼっていく。浅く積もった雪は踏んで歩くと足を滑らせずに済んだ。

美波《みなみ》の家の門の前には彼女の足跡がうっすら残っていた。幸久はそれに寄り添うように歩き、門の内に入った。

家の前に着いて、彼女にメッセージを送る。しばらく待っても既読はつかない。幸久は家の外壁に立てかけてある雪かきスコップを手に取り、雪かきをはじめた。

門のところまで道を作り、もどってくる。スマホを見てみたが、やはり彼女の反応はなかった。窓から家の中をのぞいてみる。あいかわらず暗くて人気《ひとけ》がない。二階を見あげると、階段をのぼった先の踊り場が見えた。彼女の部屋のドアまでは見えない。

幸久は彼女と会えなかったことでほっとしている自分に気づいた。昨夜、道端で泣きだしてしまうという情けない姿を見られた。一晩たって彼女がどう思っているのか、知るのが怖かった。

彼は雪かきスコップを元のように壁に立てかけ、彼女の家をあとにした。

一時間目の授業がはじまっても彼女は姿を見せなかった。

幸久《ゆきひさ》は先生に指された者の方に目をやるふりをして窓際にある美波《みなみ》の席を見た。たったひとつの席が空いているだけで教室全体が色を失くしたように映った。ほんの二ヶ月前までは彼女と話す機会もなかったことを思うと、こんな短期間で世界の見え方が変わってしまったことに恐怖さえ感じた。

休み時間になって、慧《けい》と恒太朗《こうたろう》が机のまわりにやってきた。彼らは先週からやっているピックアップガチャの話をする。

「昨日さ――」

幸久がぽつりと言うと、会話が途切れた。

「い、昨日どうした?」

慧がとなりの机に腰かける。

「昨日――」

言いかけたことばを幸久は呑《の》みこんだ。とっさに代わりの話題をさがす。

「横浜行った」

「へえ。何しに?」

「服買いに」

「俺も呼べよ」

恒太朗がスマホをズボンのポケットにしまった。幸久は机の上のシャーペンをもてあそんだ。

「ぶらっと行っただけだから」

交通事故のことは話す気になれなかった。

あのときあの場所で見たものと、友人たちとのおしゃべりと、どちらが上でどちらが下かというのではなく、ただ大きくかけ離れていた。

幼い頃、保育園に通いはじめて「友人」というものができて以来、彼らのいる世界でだけ通じて母や祖父母には通じないことばがあることを幸久は知った。いま、彼は家族にも友人にも通じないことばを持っている。そのことばを共有する相手がいてはじめて気づいたことだった。

次の休み時間にスマホを見ると、美波からのメッセージが来ていた。

熱が出て寝込んでた
猫だけに

どっかに猫要素あった？

教室を出て階段のところに行く。階上からじわりと這《は》いおりてくる冷気のせいか、人影がなかった。

通話をかけると、彼女はすぐに出た。

「もしもし」

「だいじょうぶ?」

「さっき測ったら三八度五分だった」

「病院行ったら?」

「今日はとりあえず寝とく」

幸久《ゆきひさ》はなかば雪に埋もれた窓を見た。ガラスに触れると、指に黒い汚れがついた。

「昨日の夜、寒い中にずっといたせいだ。ごめん」

「それはちがくない? それ言ったら駅から歩こうって言い出した私が悪いって話にならん?」

「それはそうだけど……」

「幸久は悪くないよ」

幸久は自分の上履きに目を落とした。薄汚れていて、爪先《つまさき》がひどく冷える。

「幸久は困ってる人がいたら迷わず助けに行くよね。私のときもそうだった。ひとりで雪かきしてたら手伝ってくれて。それはすごくいいことだと思う」

「助けには行くけど、本当に助けられてんのかな」

「できることをやるしかないんじゃない? 雪かきだって世界中の雪かきするわけにもいかな

いでしょ?」

「それはそうだけど」

階段をのぼってきた女子と目が合った。なぜか咎《とが》めるような目で見られて、幸久は顔を背《そむ》け、窓の外を見た。

電話の向こうで彼女が咳《せき》をした。スマホを手で覆ったのか、顔をベッドに押しつけたのか、やまない咳が籠《こ》もった音に変わる。

「朝から一生咳してる」

「ごめん。もう切る」

「うん」

「学校終わったらお見舞い行くわ」

「いいよ、来なくて。ひどい顔してるから」

「美波《みなみ》のひどい顔なんて見たことない」

「今日はマジでやばい」

「見してよ」

美波の笑い声が聞こえる。

「風邪伝染《うつ》ったら悪いし」

「わかった」

チャイムの音が聞こえた。「それじゃあ、あったかくして寝ろよ」

「うん。ありがと」

通話を切って、幸久《ゆきひさ》はしばらく動かずにいた。あの寒々しい家で美波《みなみ》はひとり病んでいる。自分には何もできない。

いつだって何もできない。同じことのくりかえしだ。

彼女のことを強く想《おも》うと、彼女の体のぬくもり、彼女の部屋の匂《にお》いが肌近くに蘇《よみがえ》ってきた。そのことに対して幸久はかすかな罪悪感をおぼえた。

休み時間は終わり、生徒たちが教室にもどる。幸久は贖罪《しょくざい》をするような気持ちで静まりかえった廊下に立ちつくした。


夜のうちからひどい雪だったので、翌朝、幸久は布団の中で学校がリモートになるのを確信していた。

昨日と同様、日の出前に目がさめた。動悸《どうき》がして、体を丸め深呼吸をする。

美波からのメッセージはなかった。情けない姿を見せてしまったから愛想を尽かされてしまったのかもしれないと思った。

たった一日連絡が来ないだけでこんなに不安になるのがふしぎだった。自分が束縛のきつい男になってしまったような気がした。

カーテンの隙間《すきま》から光が差しこむ頃になって彼は布団から這《は》い出た。顔を出したばかりの太陽は部屋を暖めてはくれなかった。

寝間着の上にダウンジャケットを羽織って部屋を出た。母は夜勤で不在だった。ひとりきりの家は冷えきっていた。

家の外は凍てつくような寒さで、息を吸うと鼻の奥が張りついて塞《ふさ》がった。それでも家の中の体を押し潰《つぶ》すような空気よりはずっと好ましいと幸久は思った。

ダウンジャケットのフードをかぶって雪かきをはじめた。夜に降った雪はさらさらしていて、すくって放り投げようとすると雪かきスコップの上から舞い散る。細かい雪が彼の行いをすべてかき消そうとするかのように降った。

玄関先から外の道路まで通り道を作り、彼はさらに歩いていった。坂をのぼりながら、凍りついた道の上に積もる粉雪をスコップでたわむれに払いのけていく。美波の家の門が見えてきて、彼はすこし丁寧に雪をかきはじめた。

門の内に彼女の足跡は見えなかった。彼女の通るべき道を幸久はスコップで切り拓《ひら》いた。

彼女の家は雪の中に沈み、漏れ出る光はなかった。雪を掻《か》き分けて玄関まで行き着いた幸久はスマホを見た。何の通知もない画面の上に雪片が落ちて、融けず残った。

彼はスコップを地面に突き、玄関前のステップに立った。

雲とも空ともつかず雪に霞《かす》む下にあるはずの海は、彼の目からは見えなかった。彼は冴《さ》えた空気を深く吸いこみ、すこし乱れた呼吸を整えようとした。遠くで立つ波にそのリズムが重なればいいと思った。

背後では何の物音もしなかった。ふと、彼女はすでに引っ越したあとなのではないかという考えが浮かんだ。別荘の人間はこの町に居着かない。長期の休みか週末にだけやってきて、すぐに帰っていく。海水浴客も、歩行者をかすめて杜野《もりの》海岸線を行く車も、この町に留まることはない。

きっと美波《みなみ》はいつの日かこの町を出ていく。自分はどうだろう。

ダウンジャケットの肩にうっすらと雪が積もりはじめていた。幸久《ゆきひさ》はそれを手で払い、歩きだした。

門の外に出て坂をくだる。まだ力が有り余っている気がして彼は路面の雪にスコップを突き立てた。来るときに作った一人分の通り道をひろげていく。

家が見えてきたところで、背後から声をかけられた。

「何やってるの?」

ふりかえると、母が立っていた。夜勤明けでバス停の方から歩いてきたようだ。

幸久はダウンジャケットのフードを脱いだ。

「家の前終わったから、ついでに」

「えらいじゃん」

女の家に行っていたとも言えず、幸久は雪かきを再開した。

母は彼を追い越そうとせず、道がひろがるのを待ち続けた。


美波は結局オンライン授業にも顔を出さなかった。

翌朝、幸久はひとりでバスに乗りこんだ。

車内は暖かかった。空いた席に座ると、雪かきの疲れが体の奥で熾《おこ》って暑いとさえ感じた。

美波からのメッセージは来ないままだった。二日間の沈黙ののちに来るものはよくない報《しら》せのような気がして、幸久はスマホの電源を切ってその存在を忘れてしまいたいと思った。

バスが加速するときに揺れるので、着信に気づかなかった。ダウンジャケットの前を開けて汗がすこし引いたあとでスマホを見るとメッセージが来ていた。

タイムラインに写真が表示された。

誰かが薄暗い天井に向けて裏ピースをしている。ほっそりとした人差し指の先に分厚い洗濯ばさみのようなものが食いついていて、なんだか重そうだ。透明でつややかな爪《つめ》には見おぼえがある。

何これ

病院
昨日から入院してる

え？

思わず幸久《ゆきひさ》は立ちあがった。バスの揺れにふらついて、手すりの柱にぶつかってしまう。次の停留所が近づいてきて、彼はバスを降りようかと思った。だが降りたところで美波《みなみ》のために何ができるわけでもない。結局、元の椅子《いす》に座りなおす。

入院ってどうしたの？

肺炎になった

だいじょうぶ？

息苦しいのはよくなったかな
熱がまだある

びっくりした
ただの風邪だと思ってたから

たいしたことないよ
私昔から体弱くてよく入院してたし
こういうの慣れてる

彼女がまた写真を送ってきた。トレイにすべての皿が載った学校給食のような食事だ。照明が暗いせいか、煮魚もきんぴらごぼうもわかめの酢の物も色がくすんで美味《おい》しそうには見えなかった。

味はどう？

味薄くてあんまおいしくない
でもたまにこういうのも健康的でいいよ

入院してる時点でね

幸久《ゆきひさ》はスマホから目を離し、窓の外を眺めた。何か言うべきことはないかと頭の中をさぐるが、流れる景色につられてか、考えが焦点を結ばなかった。

どこの病院？

なんとか市民病院
結構大きいとこ

あそこか
ちょっと遠いな

行きのタクシーで寝てたからおぼえてない

学校終わったら見舞いに行く

しゃべるのしんどいからいい

幸久はスマホの画面を見つめた。美波《みなみ》の拒絶の意思がどれほどのものなのかを推し量る。すくなくとも、何も告げずに引っ越していってしまうほどではない。

いつも彼女はことば遣いがぶっきらぼうで、それが文字だとさらに強調されるから、突き放されたように感じてしまう。

じゃあ退院したら連絡して

うん

お大事に

ありがと

幸久はスマホをポケットにしまった。頭を椅子《いす》の背もたれに預け、バスの天井を見あげる。

市民病院には縁があった。小学生の頃、祖母が癌《がん》で入院して半年後に亡くなったのはあの病院だ。風呂《ふろ》場で倒れた祖父も同じところに運ばれた。母が発見したときには息をしていなかったが、法律上どこで亡くなったことになるのかはわからない。

祖父母の死と美波《みなみ》の入院は、場所が同じというだけで何の関係もない。だがそこに幸久《ゆきひさ》は因果のようなものを見出してしまう。何もかもがそうだ。バラバラに起きた嫌《いや》な出来事を一連の流れにあるものと捉えがちだった。

きっと「冬」のせいだ。「冬」という大きなトレイの上に様々な不運や不幸が載っている。それらをひとまとめにして関連性があるものと見なすのは自然なことだろう。

幸久は体を前に倒し、ひとつ前の椅子《いす》の背もたれに額《ひたい》をつけた。汗のにじんだ肌に椅子の生地の毛が刺さり、熱い痒《かゆ》みが目のあたりにまでひろがった。


土曜日になって、退院したという連絡を美波から受けた。

幸久は昼食を済ませてから家を出た。日曜日に買ったコートを羽織り、坂道をのぼる。空は快晴だったが、狭い道路は塀《へい》の陰になって凍りついていた。

美波の家の門の前に雪はなかった。門の内もきれいに除雪されてある。奥に続く道の脇《わき》に雪の山ができて、そこに植えてある木の根元を覆っていた。

幸久は門をそっと開けて中に入った。ブーツの硬いソールが剝《む》き出しのアスファルトに当たって音を立て、知らない道を歩いているように感じた。足を滑らせることもなさそうなので、コートのポケットに手をつっこむ。

林を抜けると明るかった。ガラス張りになった家の正面から光があふれ出ている。まるで巨大なランタンを雪の上に置いたようだと幸久は思った。

軒下に積み重なった雪に隠されて、室内の様子はうかがえなかった。吹き抜けの天井に照明はなく、壁面に設置された小型のスポットライトが光っていた。

幸久は玄関のチャイムを鳴らした。ドアの向こうで響く音はいつもより遠く聞こえた。彼は来た道をふりかえった。庇《ひさし》の下から出てあたりを見渡したが、いつものスコップはどこにもなかった。

背後でドアの開く音がした。見ると、高齢の女性が開いたドアを支えて立っていた。ひとつにまとめた髪が真っ白なせいか、ボアフリースのベストから伸びる首が細くしわだらけなせいか、亡くなった祖母よりもずっと年上に見えた。

「天城《あまぎ》くん？」

名前を呼ばれ、幸久はポケットから手をひっぱり出した。

「あ、はい」

「どうぞ」

彼女は笑顔でドアをさらに押し開けた。「美波起きてるから」

幸久は軽く頭をさげて彼女の前を通った。

玄関に入ると、暖かい空気が頬《ほお》を撫《な》でた。玄関ホールはいつもとちがって明るかった。右手の奥にあるリビングも左手の廊下の突き当たりにあるドアもはっきりと見えた。美波《みなみ》の部屋を包む冷たく大きな箱のように感じていたものが「家」の形を取っていた。

女性が出してくれたスリッパを幸久《ゆきひさ》は履いた。コートをポールハンガーにかけ、リビングへと向かう。通路は天井が低くなっていた。ちょうど美波の部屋の前にあるテラスのような空間の真下に当たる場所だ。

彼の進路を塞《ふさ》ぐような格好でキッチンがあった。リビングからは独立しておらず、アルファベットのCの形をしたカウンターで区切られている。

部屋の奥に大きなテレビが置かれていた。輝く青い海が画面いっぱいにひろがる。それと向かいあう形でソファがあった。誰かがその上に寝そべっている。

「ひさしぶり」

美波が頬杖《ほおづえ》を突く手から顔をあげ、ふりむいた。幸久はソファのそばに立った。

「日曜日以来か?」

「そうだね」

彼女は幸久を見あげようとして、寝転がり仰向けになった。

「美波ちゃん――」

先程の女性がリビングに入ってくる。「お客さん来たのにそんな格好して」

「はーい」

美波はソファの背もたれをつかんで上体を起こした。女性の方を見て、幸久に目配せする。

「あれ私のおばあちゃん」

幸久はそちらに向かって頭をさげた。

「天城《あまぎ》幸久です。みな……いや、真瀬《まなせ》さんとは同じクラスです」

「美波の祖母です」

彼女はお辞儀してカウンターの中に入っていった。

美波がソファの座面を叩《たた》く。

「座って」

幸久は彼女のとなりに腰かけ、勧められるままにクッションを背もたれと腰の間に挟んだ。

近くから彼女の顔を見つめる。

「病気だいじょうぶ？」

「うん」

「顔色いいな」

「そう？」

彼女が目を見開く。そうすると、すこしやつれた顔の中で濃い睫毛《まつげ》だけが鮮やかで、いつも以上に目が大きく見えた。

「それが部屋着？」

幸久《ゆきひさ》は彼女の服を指差した。新品のバスタオルみたいな生地のワンピースで、その下に同素材の太いパンツを穿《は》いている。美波《みなみ》は自分の体を見おろし、なぜか拗《す》ねたような表情を浮かべた。

「意外とかわいいの着てんな」

「あったかいからね」

そう言って膝《ひざ》を抱《かか》える。分厚い靴下で着ぐるみのようになった足が見えた。

幸久はリビングを見渡した。二階まで吹き抜けになった空間に建物の前面を覆うガラス窓から日が降り注ぐ。壁と同じ材質のカバーで隠されたエアコンがうなり声をあげているが、いまこの場が暖かいのはそのせいではなく、太陽の光のおかげであるように感じた。

窓の外には「冬」そのものといった趣《おもむき》の景色がひろがっていた。庭は起伏のない白に覆われている。雲ひとつない空は青くうつくしいが、同時に寒々しい。地面に積もった雪が窓のガラスを這《は》いあがり、家の中に入れてくれと懇願しているように見える。

まるで「冬」を外から見ているようだと幸久は思った。外から見ている分にはきれいでいい。

窓際には低い円形テーブルと椅子《いす》が二脚置かれていた。キッチンカウンターにも椅子がいくつかある。幸久はこの家の本来の姿を想像した。きっといまのように明るく暖かく、人々が思い思いの場所に座り、窓からの景色を楽しむ。

そのとき美波はどんなふうだっただろうと幸久は思った。

いま彼女はとなりでテレビを観《み》ている。幸久もそちらに目をやった。画面の隅には「ギリシャ　サントリーニ島の旅」というテロップが出ている。

「ギリシャって『冬』じゃないのかな」

「『二〇一八年に放送されたものです』ってさっき出てた」

美波がつまらなそうに言った。

一週間彼女と会わなかったことで、距離ができてしまったように幸久は感じた。日曜日のデートでは打ち解けあい、何でも話せるような気がした。そのような関係はわずかな時間で崩れてしまうほどの繊細なバランスで成り立っている。いまはそれをすこしずつ修復しなければならなかった。

「入院中って何すんの？」

「何って、寝てたよ」

美波が笑う。「最初の方は息が苦しくて動けなかったし、後半はすることないから一生寝てた」

「退屈そう」

「退屈だよ」

「言ってくれれば俺行ったのに」

「見舞いに来る方も退屈でしょ」

「ふたりで何か話せばいい」

「何を?」

「何でも」

幸久《ゆきひさ》が言うと、美波《みなみ》はほほえみを浮かべたまま目を伏せた。

「そうだね」

コーヒーの香りが漂ってきた。美波の祖母がソファの前のテーブルに湯気の立つカップを置いた。

「どうぞ」

幸久は頭をさげ、コーヒーを飲んだ。

美波の祖母はカウンターから椅子《いす》を持ってきてテーブルのそばに置き、腰かけた。

「美波ちゃん、家の中を寒くしてるから病気になるのよ」

「あったかくしてたよ」

美波が口をとがらせて祖母に言い返す。

「自分の部屋だけでしょ? 家全体を暖めないと」

「こっち全然使わないもん。電気の無駄」

「お父さんは気にしないでしょ、ここの電気代くらい」

祖母のことばに美波は口を閉ざし、部屋着の袖《そで》で目を擦《こす》った。

美波の祖母が幸久の方に目を向けた。

「いつも雪かきしてくれてるんでしょう？　ありがとう」

「いえ……近所なので」

幸久はコーヒーカップの中身をことさらに見つめながら答えた。

「この辺は『冬』の前は雪降ってたの？」

「降ることはありましたけど、こんなには」

「私は甲府だから慣れてるけど、それでもこんなに降るとつらいわよね」

「甲府って雪多いんですか？」

「街の中はそうでもないけど、山の方はすごく降る。甲府は山に囲まれてるから、それで道路が通行止めになって物が入ってこなくなるのね。それで買い占め騒ぎが起こったりして」

美波の祖母が孫に目をやる。「そういえば、大手門《おおてもん》中の体育館、雪で屋根が落ちたの知ってる？」

「マジで？　やば」

美波がソファの上で膝《ひざ》を崩し、あぐらをかいた。

「休みの日だったから怪我《けが》人が出なかったけど、一歩まちがったら大惨事よねえ」

「あの体育館クッソ古かったからなあ。そりゃ雪で潰《つぶ》れるわ」

幸久《ゆきひさ》は行ったことのない甲府という街を想像してみた。山梨県の県庁所在地なのだから出海《いずみ》町《まち》よりは都会だろう。だが話を聞く限り、雪深い山奥の村であるかのような印象も受ける。そうしたバージョンちがいの甲府を背景に中学時代の美波《みなみ》を思い浮かべようとしたが、脳裏にうまく像を結ぶことができなかった。

この一年、目の前の「冬」のことばかり考えていたせいか、それ以前のことが遠い過去・遠い世界のように感じられる。幸久は美波の過去についてこれ以上知りたくないと思った。「冬」以前の彼女について知ってしまえば、彼女を遠い世界から来た存在であると認めることになる。遠い世界から来たものはいつかそこに帰っていく。昔話でよくあるパターンだ。

美波と祖母が知らない世界の話をしている。そのそばで幸久は手の中にある空のコーヒーカップを見つめ続けた。

一時間ほどして彼は美波の家を辞去した。

彼女の祖母はここに来るのがはじめてだと言った。この町の名所を尋ねられて、幸久はよく知られたものをいくつか挙げた。雪に埋もれたいまでは見るべきものもない場所だった。美波の祖母も本気で見に行こうとは考えていないようだった。

幸久はコーヒーの礼を言い、リビングをあとにした。美波が玄関までついてくる。

コートを羽織ってドアを開けた彼に続いて美波が分厚い靴下をブーツに押しこんで外に出る。

「おばあちゃん、一週間くらいいるって」

ドアを閉めて彼女が言う。幸久はうなずいた。

「テスト期間中、家のことやってもらえていいんじゃないか？」

「うん」

美波が幸久のコートに手を当てた。袖《そで》に触れ、胸に触れ、襟に触れる。

「マフラーは？」

幸久は海の方を横目に見た。

「血がついた。クリーニング出してもいいけど、たぶん捨てる」

「そう」

美波がコートの下の胸に手を当てる。「じゃあクリスマスプレゼント、マフラーね」

「え？」

「いっしょに買いに行こうよ。原宿あたり。イルミネーションも見たいし」

「いいよ」

「二十四日にしない？　終業式出て、帰ってきてから着替えて東京行って、それでこっちに帰ってきて、うちでケーキ食べる」

「なんか忙しいな」

幸久は笑った。

美波の手から体温が伝わる。

「おばあちゃんいるから、しばらくふたりきりになれないね」

幸久《ゆきひさ》は彼女の頬《ほお》に触れた。

「でもいまはふたりきりだ」

腰を屈《かが》めて彼女に口づける。ひさびさに触れる柔らかさと温かさに、彼女の祖母と対面して緊張した心が解《ほど》けていくように感じた。

幸久は彼女を抱き寄せた。ふわふわした生地の下に細い体がある。暖かそうに見えた服も「冬」の外気に晒《さら》されれば頼りなかった。

彼は美波《みなみ》のうなじに手を当てた。

「もう風邪引くなよ。あったかくしてろ」

「みんな同じこと言う」

彼女は彼の肩に頭を預けて笑った。

家の中に入る彼女を見送って幸久は歩きだした。

窓の前を通りかかると、美波と祖母の声が聞こえてきた。窓を覆う雪に遮られてか、会話の内容はわからない。

人が一人いるだけで、まったく別の家になったようだった。明るく、暖かくて、成員の間に絆のあるちゃんとした「家」だ。部外者が気安く出入りできる場所ではない。

丁寧に除雪のされた道を踏み締めながら彼は門へと向かった。

十二月二十四日は雪が降った。

前日にも雪が降ったし、積もったものが消えないので、ホワイトクリスマスのありがたみはすっかりなくなっていた。

傘を持つ幸久からは、粉雪が透明なビニールの上に落ちて消えていくのが見えた。家の前の坂道は狭くて、ふたりで傘を差して歩くと前後に並ばなくてはならなかった。

生垣にネット状のイルミネーションを巻きつけている家があった。まだ昼間なのでＬＥＤ球に光は灯っていない。

幸久はふりかえった。

「美波んちはイルミネーションやらないの？」

美波はビニール傘越しに空を見あげた。

「こっちではやったことないかな」

クリスマスイブでも町はいつもと変わらない表情をしていた。バス停には飾りもなく、薄汚れた水色のベンチに人影はなかった。幸久と美波は傘を閉じ、屋根の下に入った。

「さむ」

美波がコートのポケットに手を入れた。膝下《ひざした》まである長いコートは薄めたカフェオレのような色をしていて、その下に着たオフホワイトのタートルネックのニットやうっすらストライプの入った白のロングスカートによく合っていた。斜めがけした小さなショルダーバッグとブーツは茶色で、全体的に柔らかい雰囲気の同系色でまとめられている。

幸久《ゆきひさ》の方は全身黒で、家を出る前に鏡を見たときにはいいと思ったが、となりに立つ美波《みなみ》とくらべれば見劣りがした。彼女の選んでくれたベージュのマフラーがあればよかったのにと思った。

彼女の真似《まね》をして幸久はコートのポケットに手をつっこんだ。

「幸久も寒い？」

彼女に訊《き》かれて彼は頭を振った。

「俺はいいコート着てるから」

「嫌味《いやみ》か」

体当たりされるが、彼女の体は見た目の印象どおりに柔らかかった。幸久は彼女のポケットから手をひっぱり出し、握り締めた。

バスに乗客は一人もいなかった。幸久と美波はうしろの方の席に並んで座った。

幸久はコートの下に着たフリースジャケットの襟に顔の下半分を埋め、目を閉じた。

「眠いの？」

「ちょっと疲れた」

午前中、学校に行って終業式に出席し、帰宅して昼食を済ませてからまた出かける。せわしないが、それだけでこんなに気力が殺がれたりはしない。

期末試験が終わってプレッシャーから解放されるかと思ったのに、かえって気が晴れなかった。試験という短期的なゴールに集中していられたものが、そこに到着したあとでは進路というさらに遠い、点数だけで表せない不定形の目標を追わなくてはならない。そのことが幸久の心に影を落としていた。

美波が彼の髪を撫《な》でた。

「冬休みもバイトするんでしょ？　無理しないでね」

「他にやることないから。美波も甲府行っちゃうし」

「おばあちゃんひとりだからさ、私がいないと寂しがる」

彼女が顔をのぞきこんでくる。「ひょっとして怒ってる？」

幸久は首を伸ばし、ジャケットの襟から顔を出した。

「なんで怒るんだよ。俺だって一人暮らししてたら正月くらいは親のとこ帰る」

美波はすこし困ったような顔でうなずいた。

バスは駅に向かって走っていく。ここより西にある杜野《もりの》海岸線ほどではないが、幸久は海と離れずにあることを感じていた。

それは電車に乗ったあとでも変わらなかった。西側にあった相模《さがみ》湾が去り、代わって東側から東京湾が迫ってくる。線路が海岸線に最接近した地点でも海は見えないし、車内に潮の香りが漂ってくるわけでもないが、幸久《ゆきひさ》には確かにわかった。それが彼を落ち着かなくさせた。まわりの乗客はそんなことを気にかける様子もなくスマホを見つめている。

「雪すごい」

美波《みなみ》が体をひねり、窓を見た。

彼女の言うとおり、家を出たときよりも雪が激しく降っていた。街並みの色彩が雪に奪われ、モノクロの景色に見えた。

「帰りの電車だいじょうぶかな」

幸久はつぶやいた。向かいの席に座ったスーツの男性が訝《いぶか》しむような目で彼を見た。

渋谷駅はどこも工事中だった。剝《む》き出しの天井に青いネットが張られ、壁や柱は緑と白のテープで縁取られている。駅の姿を具体的にイメージできぬまま幸久は外に出た。

通りを渡って向かいのビルに入る。エスカレーターをのぼると、壁をイルミネーションが蔦《つた》のように覆っていた。美波が手すりから手を離し写真を撮っている間、幸久は彼女の背中に手を当てて支えた。

「店見てく?」

エスカレーターを降りた幸久は人の流れていく方を指差した。美波はスマホを鞄《かばん》にしまった。

「今日はイルミネーションがメインだから」

ふたりはまた下までおりた。ビルの脇《わき》にある坂道をのぼっていくと、二車線の道が六車線の広い通りに合流した。

「雪やば」

美波が自分の傘に積もる雪を見あげた。

降る雪に光景は奥行を失っていた。空を覆う雲と雪とは区別がつかず、雪で暗いのか日が翳《かげ》ったのかも見分け難かった。車のヘッドライトが雪の落ちる軌跡を浮かびあがらせ、去った。

「イルミネーション全然ねえな」

「もうちょい先」

美波が幸久の腕を取って歩いた。ふたりの傘がぶつかりあい、傾《かし》いで雪片を振り落とす。まわりはビル街だったが、道行く人は仕事ではないのかのんびり歩いている。美波にくっつかれて歩きづらい幸久も彼らから遅れずに進むことができた。

歩道に沿って赤いレンガ塀《べい》が延びていた。それが途切れ、門になった。教会の尖塔《せんとう》を模したような門柱に大学の名前が掲示されている。

美波が幸久の腕をひっぱり、門の内へと歩いていった。直進すると思っていた幸久はよろめいた。門柱のすぐ裏手にある詰所の警備員と一瞬目が合った。

幸久は美波の耳に口を近づけた。

「入ってだいじょうぶなのか?」

「私ここ受ける予定だから」

「それ逆にいま入る資格がないってことじゃん」

ふたりは並木道を歩いた。規模は高校のそれとたいして変わりなかったが、ベンチの設置されているのがいかにも大学のキャンパスらしかった。左右に並ぶ建物はどれも時代がかって見えた。「冬」が来る前、新緑や紅葉の季節だったならばきっとそこに影が揺れてうつくしかっただろうと幸久《ゆきひさ》は思った。

高校では夕方になれば生徒は下校していく一方だが、大学ではこの時間でも門の外から入ってくる学生の姿があった。手ぶらの者もいれば、木の板を両脇《わき》に抱《かか》えた者もいて、何をしに来ているのか幸久にはわからなかった。ただ、物珍しさにきょろきょろしている彼とちがって明らかにこのキャンパスに馴染《なじ》んで見えた。

やがて道の先にクリスマスツリーが見えてきた。閉じかけの傘のような形に刈りこまれた木に碁盤《ごばん》の目状に規則的に配置されたイルミネーションが輝く。夕空の下では派手に飾られたツリーよりもこうしたものの方が似合うような気がした。

美波《みなみ》がツリーを見あげ、スマホを構える。幸久は彼女の傘を持ってやった。

「この大学、場所がいいよね」

「そうだな」

彼は駅からここに来るまでの道を思った。高校の通学路とくらべると、まわりの建物もすれちがう人たちもずっと華やかだ。きっと美波がそこを歩けば景色によく映えるだろう。

「うちからここまで一時間半。通えなくはない」

「でもやっぱ遠いよな」

美波が彼の手から傘を取った。

「幸久もここ受けたら？」

「俺も？　どうしようかな」

彼はツリーを見あげた。日の落ちた空に溶けこんで梢《こずえ》はもう見えなかった。

大学の門を出てすこし歩くと、交差点が見えてきた。

「あれっ？」

横断歩道を渡っていた美波が足を速めた。幸久はそのあとを追って、いま来た道と交差する通りを眺め渡した。まっすぐな通りで、はるか遠くまで並木が続いている。枝とそこに積もった雪が歩道と車道に等しく影を落として、暗く見えた。

美波が道の真ん中でスマホをいじる。

「嘘《うそ》でしょ……どうなってんの……」

「何かあった？」

幸久は彼女のとなりに立った。

「イルミネーション消えてる。ここの木全部についてるはずなのに」

「えっ？」

幸久《ゆきひさ》は近くの木を見あげた。枝に目を凝らすと、LEDのケーブルが積もる雪を縫って巻きつけられている。だが点灯しているものはひとつもない。どこかが故障したというのではなく、電源が根元から断たれているという感じだった。

美波《みなみ》がスマホから顔をあげた。

「大雪警報出たから今日はイルミネーション中止だって」

幸久は傘を傾け、空を仰いだ。息苦しいほどに隙間《すきま》なく雪が落ちてきていた。

「危ないから見に来《く》んなってことか」

「やったわ……」

美波がうつむき、ため息をつく。「前もってちゃんと調べてればわかったはずなのに」

「いや、ふつう雪で中止になるとか思わないだろ」

幸久が言っても彼女は顔をあげない。それを見て彼は腹が立ってきた。どうして彼女が自身を責めなくてはならないのか。ふたりで釣りに行ってボウズだったときも同じだ。みんな「冬」のせいなのに、自分たちが罪悪感をおぼえる。理不尽極まりない。

彼は美波をおいて歩きだした。彼よりも背の高い石燈籠《いしどうろう》の脇《わき》を通る。歩道に面したカフェのテラス席の屋根にクリスマスツリーがいくつも並んでいた。電飾の暖かそうな光が雪も融かさず輝く。街路樹のイルミネーションは都だか区だか地元の商店街だかが設置しているのだろうが、店の明かりはそれとは関係なく、警報が出ても点《つ》いている。

幸久は交差点までもどり、手を引いて美波を連れてきた。

「ほら、イルミネーション」

そう言って屋根の上を指差す。美波はそれをしきりにまばたきしながら見つめた。

幸久はまた彼女の手を引いた。

「あっちにもある」

服を売る店の前で立ち止まる。ショーウインドウの中で青と白のＬＥＤがまたたく。

「でっかいのは中止になってもさ、小さいのをこうやって拾っていけばいい」

幸久のことばに美波はうなずいた。

彼は店の脇にある道をのぞいた。

「ほら、あれもイルミネーション」

「いや、あれ自販機」

美波が笑いだす。幸久もつられて笑った。

「あれはハズレか」

「うん、ハズレ」

「当たりもハズレもある。だから俺たちで当たりを見つけていこう。宝さがしみたいに」

「そうだね」

美波が身を寄せてくる。重なり、ぶつかりあった傘から水滴がまっすぐに落ちた。

ゆるやかな下り坂になった通りを歩きながら、ふたりはイルミネーションをさがした。あるはずだった街路樹の明かりが消えているのだと思うと街は暗く感じられた。それでもふたりの目があれば次々に光を見つけることができた。ずっと同じことをくりかえしてきたのだと幸久《ゆきひさ》は思った。「冬」が来てすべてが雪に埋まっても、ふたりで小さな喜びを拾い集めてきたのだ。

坂をおりきった谷間のようなところにある大きな商業施設の前で美波《みなみ》が足を止めた。

「ここに入ろう。マフラーさがす。クリスマスプレゼント」

建物の中に入ると、暖かくて甘い空気が彼の体を包んだ。手袋をはずし、冷たくなった手をこすりあわせる。ビニール袋に入った傘を持つと、手が濡《ぬ》れてまた冷たくなった。

美波は迷わず建物の奥へと歩いていった。幸久はあたりを見まわしながらあとを追った。横浜のショッピングモールより狭くて、隙間《すきま》なく店が寄り集まっていた。

美波が店頭に陳列してあったグレーのマフラーを手に取り、幸久の首に巻きつけた。そのまま姿見の前にひっぱっていき、いっしょにのぞきこむ。

「どう?」

「けっこういい」

「じゃあ次」

そう言ってとなりの店へと移っていく。

何軒もまわっているうち、ピンとくるものを見つけた。アルパカの毛を使っているという触れこみで、肌触りがとてもいい。色はブラウンで、黒のコートともよく合っている。

「これすごくいいんだけど――」

幸久はマフラーを首から垂らした。「ちょっと長すぎないか？」

マフラーは彼の膝《ひざ》にまで達していた。美波がその端を持ちあげる。

「これくらいの方が使いやすいよ。ぐるぐるってただ巻いてもいいし、結んでもいい」

そう言ってネクタイのように結び目を作る。鏡で見てみると、口元が隠れていつもより小顔に見えた。

「これにする」

「よし、サンタさんが買ってあげよう」

彼はマフラーの並べられた棚を見た。色ちがいのものがたくさんある。

「これって男物とか女物とかあるの？」

「いや、男女共用だね」

「じゃあさ――」

彼は棚に近寄った。「俺もこれ、クリスマスプレゼントで買うから、お揃《そろ》いにしない？」

美波は彼のマフラーを撫《な》で、ほほえんだ。

「いいね」

「何色にする？」

「んー、茶色」

「同じ色?」

「無地だから同じ色にしないとお揃《そろ》い感なくない?」

「まあそうだな」

幸久《ゆきひさ》はブラウンのマフラーを巻く美波《みなみ》を鏡越しに見た。双子コーデやTシャツを同じにするのとはちがい、全体に占める割合が小さいので、お揃い具合がちょうどよかった。

このまま着けていくことにして、支払いを済ませたあとで店員にタグを切ってもらった。

「いっつも買った服その場で着ていってる気がする」

「エコでいいじゃん」

すこし歩くと、マフラーの下が汗ばみ、頭がのぼせてきた。

「暑《あ》っつ」

「ね。これすごいあったかい」

「サンタさんいいのくれたな」

ふたりは笑いながらビルから出た。駅に向かうため、来たのとは反対の坂をのぼる。

坂のてっぺんにある原宿駅は、さっき見た渋谷駅よりもずっと小さかった。駅舎が大勢の人に取り巻かれていて、周囲の道路は立錐《りっすい》の余地もない。駅の入り口も人で埋まって、動く気配がなかった。時折、人の群れを掻《か》き分けて車道の方に出てくる人がいる。彼らの上に雪が降り、紅白歌合戦のあとに観《み》るどこかの神社の様子を連想させた。

「何だあれ」

幸久は横断歩道の向こうの混雑ぶりに目を見張った。信号が青になったが、渡れそうにない。

「事故でもあったのかな」

美波がスマホを取り出した。しばらくいじっていたが、やがて幸久を肘《ひじ》でつつく。

「どうした？」

「首都圏全域で電車止まってるって」

「マジか」

幸久は自分のスマホを見た。時刻は午後五時半。このあとは美波の家に行って夕食とケーキを食べることになっているが、大幅に予定が狂いそうだ。電車の復旧までどのくらいかかるのだろう。

彼は周囲を見渡した。

「そこに地下鉄の駅がある。あれならいけるか？」

「地下鉄は動いてるけど、乗り換えする電車が止まってる」

「じゃあバスは？　横浜まで行ければなんとかなりそうだけど」

調べてみると、渋谷から出ているバスを乗り継いでいけば横浜まで行けるようだった。だが渋谷発のバスは一時間に二本しか出ていない。彼はＳＮＳで渋谷のバス停の様子を見てみた。

どこも長蛇の列で、並ぶ人の傘に雪が厚く積もっていた。

「バスも駄目だな」

「タクシーはどう？　出海町《いずみまち》まで三万五千円で行けるらしい」

「高《た》っか」

タクシー運賃の値上げは「冬」が来て以来、何度も行われていた。ガソリンの価格高騰と並んで、燃料不足の象徴と呼べる事象だ。

「幸久《ゆきひさ》、いま財布にいくらある？」

美波《みなみ》に言われて幸久はポケットから財布を取り出した。二人合わせて所持金は四万円をすこし超えていた。

「ちょっと痛いけどタクシーにするか」

ちょうど駅前にタクシーが一台停まった。女性二人組が傘をたたんで乗りこむ。そのうしろにいた人が一歩前に出た。さらにそのうしろの人も一歩踏み出す。一歩分の動きがすこしずつ後方に波及していく。それを幸久は目で追った。歩道の端にできた列は交差点の向こうにある、街路樹とはちがう木々の奥まで延びていた。

「あれもしかしてタクシー待ちの列か？」

「しばらく乗れそうにないね」

美波がまたスマホに目を落とした。幸久はスマホをつかんだまま手をコートのポケットにつっこんだ。腹の底で焦りが熱を持ち、外から滲《し》みてくる寒さを押し返そうとしていた。

「そういえばさ、美波って東京生まれだって言ってたよな？　誰か親戚《しんせき》とか知りあいとかいないの？」

「なんで？」

美波はスマホから顔をあげなかった。画面の光で顔が闇《やみ》に白く浮かびあがる。

「今日泊めてもらえないかと思って。俺は電車動くまでひとりで適当に時間潰《つぶ》すから」

しばし沈黙があった。車が何台も雪を噛《か》んで交差点を通り抜けていった。

美波が幸久を横目に見た。

「ホテル泊まろう」

「え？」

「どこも満室だけど、ここから歩いて二十分くらいのところにあるビジネスホテル、一部屋空いてる」

急な話で幸久は困惑した。

「ああ……一部屋か……。じゃあ美波がそこ泊まって――」

「幸久も泊まれるよ。ツインだから」

「いや、ベッドふたつあっても同じ部屋っていうのは……」

「もう予約する。いま逃したらもうどこも取れないかも」

美波《みなみ》が有無を言わさぬ口調で告げる。幸久《ゆきひさ》はマフラーを引きあげて口元を覆った。

無事に予約が取れたというので移動を開始した。

スマホで地図を見る美波にしたがって幸久は歩いた。体を動かすと、さっきまでの焦りが消えていった。それと入れ替わりで、縁もゆかりもない町で一晩を過ごすことに対する不安が湧いてきた。彼は小学校の林間学校で同級生たちと枕を並べて寝たときの心細さを思い起こした。

暗い住宅街は、建っている家だけ見ると出海町《いずみまち》とそう変わりはなかった。ただ、あの町にあった圧迫感がない。すぐそばまで山が迫ってきていないし、波が打ち寄せる気配もないので、道も家屋の列もどこまでも延びていくようだった。街が広いのは、そこの住人にとってはいいことだろうが、圧迫感の中で育った幸久には逆に息苦しかった。高い水圧に適応した深海魚が海面まで引きあげられると目や内臓が飛び出て死んでしまうように、いまの彼は広い街の中でこれ以上自分の姿を保っていられない気がした。

「美波——」

幸久は彼女の背中に呼びかけた。「ケーキだいじょうぶか?」

「何が?」

彼女がふりかえる。

「どっかで予約してあるんだろ?　今日は取りに行けないな」

「もううちにあるよ」

「そうなの？」

「通販で冷凍のを買った。いま冷蔵庫でゆっくり解凍中」

「じゃあ明日帰ってから食おう」

幸久は彼女に追いつき、となりを歩いた。彼女は傘の柄を肩に預け、彼を見あげた。

「冷蔵庫じゃなくてリビングに置いてくればよかった」

「またあの部屋エアコン切ってんのか」

「エコだからね」

「あそこ寒すぎんだよ。ケーキ凍るぞ」

「てことは冷凍庫もいらんな」

静かな街でふたりの雪を踏む音がひとつらなりのものに聞こえた。

「腹減ったな。夕飯何食う？」

「とにかくあったかいのが食べたい」

「俺も」

空腹という、いつもなら不安な感覚が、いまの幸久にはなぜかほっとするような、温かみのあるものに思われた。彼は空に向かって息を白く吐いてみた。街灯の明かりがビニール傘を透かして水滴の影を手袋の上に落とした。

ビジネスホテルはビルやマンションの間に身をひそめるようにして建っていた。

六階建てで、小さな窓がたくさんあること以外に外見上の特徴はない。幸久《ゆきひさ》の母の勧めるリゾートホテルが出海町《いずみまち》の海や空や砂浜と調和する真っ白な外壁を持っているように、このホテルも特徴をなくすことで街に溶けこんでいる。

フロントのカウンターは下部に間接照明が仕込まれていて、まばゆく見えた。カウンターの向こうで首元にスカーフを巻いた女性スタッフがお辞儀をした。

「予約した真瀬《まなせ》です」

美波《みなみ》が声をかけると、フロント係は二枚の紙をカウンターの上に出した。

「こちらにご記入ください」

幸久と美波は「ご宿泊カード」と題された紙に住所氏名年齢などを書き入れ、スタッフに差し出した。

「お客様、身分証明書はお持ちでしょうか」

そう訊《き》かれて幸久と美波は学生証をカウンターに置いた。

スタッフはそれと宿泊カードとを見くらべた。

「未成年のお客様には親権者の同意書を提出していただくことになっておりますが、お持ちでしょうか」

幸久と美波は顔を見合わせた。

「いや、持ってないです」

「雪で電車が止まっちゃったからここに泊ることになったんです。だからそういうの用意する暇がなくて……」

「でしたら、お電話で同意の確認をさせていただけますか」

女性スタッフの口調は穏やかだったが、最後通牒《つうちょう》のような響きも伴っていた。

「えっ、でも――」

めずらしく色をなして言い返そうとする美波を幸久は肘《ひじ》でつついた。

「俺、ちょっと親に電話してくるわ」

そう言ってカウンターから離れる。

彼にも文句を言いたい気持ちはあった。別に好きこのんでホテル泊をするのではない。大雪で電車が止まったせい、つまりは「冬」のせいだ。それなのになぜ自分たちがルール違反をしているような言い方をされなくてはならないのか。

それを口に出さなかったのは、女性スタッフに母の姿が重なったからだった。ホテルのフロントでしつこくクレームをつけてくる客の話は母からよく聞かされている。理不尽な状況に置かれているという点では、幸久もあのフロント係も大差ない。

彼はスマホを取り出し、母に電話をかけた。

「もしもし」

「いまどこにいるの？　雪すごいけど」

母の声の背後でかすかにテレビの音がした。今日は早番なのでもう帰宅しているのだ。

「渋谷と原宿の間あたりにいる。いま電車止まってってさ、いつ動くかわかんないからビジネスホテルに泊まることにした。それで未成年は親の同意がいるらしいから、ちょっとフロントの人と話してくれない？」

「いいけど……お金あるの？」

「それはだいじょうぶ」

「あなた一人？」

彼は美波《みなみ》の方を横目に見た。彼女は入り口のそばに立ち、スマホを耳に当てていた。

「いや……ツレといっしょ」

「それって女の子？」

「は？　なんで？」

幸久《ゆきひさ》は思わずとげとげしい声をあげた。

「うちのホテルだと、未成年の男女が二人で泊まりに来たら親の同意があっても断るね。マニュアルにそう書いてある。いかがわしいことがあるとさ、ホテル側が罪に問われるわけじゃないけど、トラブルに巻きこまれる可能性があるから」

「いかがわしいことなんかしないけど」

「いっしょにいるのって、ひょっとして近所に住んでるっていう西高の子？」

「……うん」

「名前は？」

「真瀬《まなせ》美波」

「あの別荘の真瀬さん？」

「知ってんの？」

「夏になると親子三人で来てるのをよく見かけた。いまあそこに住んでんのね」

「うん、まあ一応」

電話の向こうでため息の漏れる音が聞こえた。

「息子といっしょに泊まるのは近所に住んでて母親の私もよく知ってる子だっていう体《てい》でいってみる。それでなんとかなるかもしれない。まあ期待はしないで」

「わかった。ありがとう」

幸久はスマホをフロント係に手渡した。

美波の方を見ると、スマホを耳から離したところだった。しばらく天井を見あげたあとで、スマホの画面に指を走らせ、また耳に当てる。その背中が幸久の目にはなぜか痛々しく映った。

「天城《あまぎ》様――」

名前を呼ばれて彼はカウンターの方を向いた。フロント係が丁寧に両手でスマホを差し出していた。

「確認が取れました。こちらお返しいたします」

「どうも」

受け取って画面を見ると、まだ通話はつながっているようだった。

「もしもし」

彼はまたカウンターから距離を取った。

「泊まれそう?」

「たぶん」

「最後は同業者なのアピールして押し切ったよ」

「助かった。ありがとう」

「ちゃんとご飯食べなよ」

「うん」

「あと、いかがわしいことはしないように」

「だから、しないって」

幸久《ゆきひさ》は通話を切った。

カウンターの向こうではフロント係がスマホで誰かと話し、それと向かいあう格好で美波《みなみ》が立っていた。やがてフロント係が美波にスマホを返す。彼女はふりかえり、幸久に向かって小さくうなずいた。その目に責めるような色が見えて、彼はぎこちなくうなずきかえした。

会計を済ませ、美波がカードキーを受け取った。

上階からのエレベーターを待つ間、美波は口を開かなかった。幸久はマフラーをはずして手で持った。

エレベーターが来てふたりは乗りこんだ。美波が三階のボタンを押した。幸久は奥の壁に寄りかかった。

フロントが特に騒がしいわけでもなかったが、エレベーターの扉が閉まると、音が遮断されてふたりの沈黙がいっそう濃くなった。

「ああいう書類ってさ、書くの緊張するよな」

幸久は美波の背中に向かって言った。

「緊張するね」

彼女はふりかえらずに答えた。「ダメージジーンズ穿《は》くときの爪先《つまさき》くらい緊張する」

「全然わからん、そのたとえ」

幸久が言うと、彼女が吹き出した。幸久は壁に背中を押しつけ、エレベーター全体を揺らすようにして笑った。

三階に着いて、ふたりはエレベーターを降りた。暗く長い廊下の両側に、アパートやマンションとはちがう密度でドアが並んでいた。美波の話では満室だということだったが、廊下は静まりかえり、ドア越しにも人の気配が感じられなかった。廊下を行くふたりの動向を皆が息を殺してうかがっているようだった。

奥から二番目のドアを美波《みなみ》がカードキーで開けた。中に入ると、頭上のライトが自動で点灯した。壁のスリットにカードキーを差しこむと、短い通路の向こうにあるベッドルームの照明が点《つ》き、エアコンも動きだした。

「寒《さ》っむ」

幸久《ゆきひさ》は壁に取りつけられた操作パネルのボタンを押し、エアコンの温度をあげた。

美波がマフラーとコートを脱ぎ、ベッドの上に置いた。

「トイレ」

そう言って通路の途中にあるバスルームに入り、ドアを閉める。

幸久は部屋の角にある椅子《いす》に腰をおろした。人が入るまでエアコンが切れていたので、部屋は冷えきっていた。彼はマフラーを首に巻きなおした。

ふたつ並んだベッドは美波の家のそれよりひとまわり大きかった。ベッドの上には箱がひとつずつ置かれていた。中にはタオル類とパジャマらしきものがあった。壁際の棚に置かれたテレビは部屋のわりに小さかった。

バスルームで水の流れる音がした。美波が出てきて、ベッドに身を投げ出した。

「疲れた」

うつぶせのままの声はくぐもって聞こえた。

「俺も」

幸久はもうひとつのベッドに腰かけた。部屋が暖かくなってきたのでコートを脱ぐ。朝から夕方までの疲れよりも、電車が止まっているとわかってからいまいるホテルの部屋に落ち着くまでの疲労の方がはるかに大きい気がした。このままうしろに倒れてベッドに横たわりたかったが、そうしたらもう起きあがることができなくなりそうだった。

「ご飯、どっか食べに行かなきゃ」

美波が眠そうな声を出した。

「うん」

幸久は彼女の背中がゆっくり上下するのを見つめた。

「コンビニも行かなきゃ」

「何か買うの？」

「いろいろ。下着とか」

「ああ」

彼は一度大きく息をつき、ベッドから立ちあがった。窓に寄り、分厚い遮光カーテンの端をめくる。窓の外は暗かった。東京の夜景と聞いて想像するような眩《まばゆ》いものは何もない。きれいに除雪されて照り返しがないのか、出海町《いずみまち》の夜よりも闇《やみ》が濃く見えた。窓ガラスに映る幸久の顔は陰影が強調されて、まるで死相のようだった。

彼はふりかえり、部屋を眺め渡した。いまここは彼と美波《みなみ》だけの空間だった。時間もまた彼らふたりが専有していた。出海町《いずみまち》の美波の部屋にいるときは、バイトだとかオンライン授業だとか夜になっただとか、外部の都合によってふたりの時間が区切られていた。いまは、これからはじまる長い夜を自分たちだけで切り分けていかなくてはならない。幸久《ゆきひさ》は体にのしかかる疲れがいっそう重たくなるように感じた。

美波はベッドに顔を埋めたまま動かない。膝《ひざ》から先がベッドの縁から宙に突き出て、それがなぜか不安な気持ちにさせる。

幸久はベッドの上のコートとマフラーを手に取り、彼女の肩を叩《たた》いた。

「メシ行くぞ」

彼女は目をこすりながら起きあがった。

壁のスリットからカードキーを引き抜くと、照明が消え、エアコンも動きを止めた。

ホテルの外に出ると、風の冷たさで頭が冴《さ》えた。さっきまでの重苦しい考えは吹き飛び、自分が自由であるという感覚が幸久を包んだ。あのホテルの部屋は一夜だけの仮の居場所で、なんなら帰る必要もない。たとえば、いま歩いているこの道を夜が明けるまで歩き続けてもいいのだ。食事も睡眠もいらない気がした。「帰らなくていい」ということは恐ろしいほどに彼を自由にさせた。

大きな通りを渡ると、ファミレスがあった。幸久は入り口の前に立ち、中をのぞいた。席が空くのを待つ人たちがレジカウンターの前に列をなしている。

美波が彼と並んで立った。

「コンビニで何か買ってホテルで食べない？」

「そうするか」

店に入ろうとする男女がいたので、幸久は道を空けた。

近くのコンビニに入って、ふたりは籠《かご》を手に取った。

パッケージのデザインが統一されたTシャツ・ボクサーパンツ・靴下を幸久は籠に入れた。

美波が化粧品の棚の前から動かないので、彼は弁当を見に行った。いろいろな種類があって目移りしているところに美波がやってきて、迷わずにオムライスを籠に入れた。さらにサラダとインスタントのカップスープを棚から取る。幸久は急《せ》かされたような気分で焼肉弁当を籠の隅に置いた。

「あ、そうだ。ケーキ買お」

美波がスイーツコーナーに移動する。

「この時間だともう売り切れじゃないか」

幸久はそちらに目を向けた。

「たっぷりクリームのロールケーキならあった。これでいいよね」

「うーん……」

レジに向かいかけて彼女はホットスナックコーナーをのぞいた。

「こうなったらチキンも買うか」

「意地でもクリスマスやる気だな」

会計を済ませ、弁当を温めてもらって店を出る。レジ袋の持ち手が指に食いこんで痛いほどだった。美波《みなみ》は傘のハンドルに袋をひっかけた。

「コンビニで豪遊するとテンションあがるわ〜」

「わかる」

ホテルにもどると、先程のフロント係が「おかえりなさいませ」と声をかけてきた。幸久《ゆきひさ》と美波は会釈を返した。

三階にあがると、同じドアが並ぶ中でどれが自分たちの部屋なのか思い出せなかった。美波がカードキーとドアのプレートに書かれた数字を見くらべて、ようやく元の部屋にたどりついた。

部屋は最初に入ったときとなんら変わっていなかった。動かしたものはないし、荷物も置いていない。レジ袋をテーブルに載せ、コートとマフラーをハンガーにかけてようやく人のいる部屋らしくなった。

テーブルは小さくて、買ってきたものを並べるといっぱいになってしまった。

美波が電気ケトルで湯を沸かし、コーンポタージュを作った。湯気が立ち、甘い香りが部屋にひろがる。

「それいいな」

「いいでしょ」

「俺も何かスープ買えばよかった」

幸久は焼肉弁当の蓋《ふた》を取った。

「肉とご飯しか入ってない」

美波がサラダにドレッシングをかけながら言った。幸久は割り箸《ばし》でご飯と肉をすくい取った。

「俺はこういうわかりやすい食い物が好きなんだよ」

思っていたよりも肉の下にあるご飯の層が薄かったが、甘辛いたれがよく絡んで美味《おい》しかった。

美波がしゃくしゃくと音を立ててサラダを咀嚼《そしゃく》し、オムライスの蓋を取る。

「幕の内弁当とか駄目なタイプ？」

「ああいうごちゃごちゃしたのは好きじゃない。一個ドーンとあるのがいい」

「じゃあオムライス最強じゃん」

「俺、夜オムライス食えない。あれは昼メシのイメージ」

「は？　私は三食オムライスでも平気だけど？」

「それはまた話が別」

美波《みなみ》がうまそうにオムライスを頬張《ほおば》る。幸久《ゆきひさ》は彼女の口の端についたデミグラスソースを見つめた。

「こういうのいいよな」

「何が？」

「食い物の話とか」

「ああ」

「こういう話だけしていられたらいいなって思う」

「一生終わらんけど？」

美波のことばに幸久はほほえんだ。

「それでいいよ」

弁当を食べ終わった彼は次に、紙袋で包装されたチキンに手を伸ばした。クリスマスにチキンというと定番だが、こうして食べてみると特にクリスマスらしさを感じられるわけでもなかった。

美波が完食したオムライスの容器の蓋《ふた》を閉め、ため息をつく。

「おなかいっぱい。私の分もチキン食べてくれない？」

「いいよ」

幸久はレジ袋からチキンを取り出し、紙袋のミシン目を破った。

学校帰りに買い食いするときは一個では物足りなくて、もうひとつ食べたくなるが、実際ふたつ食べてみると、早々に飽きてしまった。弁当から肉が続いているせいかもしれない。

美波がレジ袋の中をのぞく。

「ああ……ロールケーキも無理だわ」

「俺も」

幸久は空になった紙袋を折りたたんだ。ごみ箱をさがして部屋を見まわしていると、扉がひとつしかない小さな冷蔵庫を見つけた。通路の途中にある洗面台の下に埋めこまれるような形で置かれている。

「あそこに入れておいて、明日食おう」

「そうだね」

美波が歩いていき、屈《かが》みこんで冷蔵庫を開けた。

「えっ？」

「どうした？」

「この冷蔵庫、浅《あ》っさ」

「は？　どういうこと？」

幸久もそちらに向かった。「いや浅っさ！」

冷蔵庫の中をのぞいてみると、驚くほど奥行がなかった。五〇〇ミリリットルのペットボトルを入れるのがせいぜいといったところだ。

美波《みなみ》がロールケーキを冷蔵室に置いた。「クリームたっぷり」と謳《うた》うだけあって大ぶりで、スポンジの円が冷蔵庫の縁からはみ出てしまった。

「これ閉めたら潰《つぶ》れるでしょ」

「一回やってみよう」

彼女が冷蔵庫のドアに手をかける。幸久《ゆきひさ》はその腕をつかんだ。

「いや、無理だろ」

「ワンチャンいける」

彼女は膝《ひざ》で押してドアを閉めようとした。幸久は彼女の腰を抱《かか》えてそれを制止した。

「もうやめとけって」

「一回だけ」

「潰れたら終わりなんだよ、ロールケーキは」

「だいじょうぶ。私は冷蔵庫を信じる」

しつこくドアを閉めようとする彼女を幸久は抱きあげて引き離した。うしろの壁に背中をぶつけ、ずるずると座りこむ。

ふたりはその間ずっと笑っていた。何がおかしいのか、彼にもわからなかった。こんなことで笑っているのはきっとホテルの中で自分たちだけだろうと思った。

彼の太腿《ふともも》の上に彼女のお尻《しり》が乗っている。その柔らかさと、彼の腕の中にある体の細さ・硬さとの対照が、ひとつの官能を生んだ。彼女と壁に挟まれて彼は肉体的にも精神的にも逃れられなかった。

彼女が足を伸ばし、閉じかけの冷蔵庫のドアを爪先《つまさき》で押した。

「やっぱりクリスマスにケーキはあった方がいいね」

「確かに。あると楽しい」

彼が言うと、彼女は体をひねり、彼の頬《ほお》にキスをした。

部屋にふたつあるベッドのうち、最初に美波の突っ伏した方が自然と彼女のものという雰囲気になっていた。

そのベッドの上でふたりはテレビを観《み》た。

幸久はなんとなく落ち着かなかった。並んでヘッドボードに寄りかかる美波の肩が触れていることよりも、相手の体のわずかな動きをスプリングが拾って自分の体も揺らすことがいままでにない肉体的接触のように感じられた。出海町《いずみまち》の美波の部屋でも彼女のベッドの上には乗ったことがなかった。

テレビの中では芸能人が集まってゲームをしていた。自分が観ようと言ったのに、美波はずっとうつむいていた。時折がくっと頭が落ちて、跳ねるようにして体を起こす。

「もう寝ろよ」

幸久《ゆきひさ》が言うと、彼女は影絵の蝶《ちょう》を作るような手つきで両目をこすった。

「シャワー浴びなきゃ」

そう言ってベッドからおりる。スプリングが軋《きし》んで、幸久の体はいままでにないくらい揺れた。

彼女がバスルームに入ってすこしすると、シャワーの水音が聞こえてきた。思ったよりも壁は薄く、彼女の体にシャワーが当たって音が変わるのさえもわかった。

もとより興味を持てなかったテレビが、いまは無意味な光と音を発するだけの機械となり果てた。壁の向こうの水音が途絶え、かえって彼女の体の存在をありありと感じた。幸久はとなりのベッドに移り、そこで仰向けに寝転がった。

やがてバスルームのドアが開き、甘くぬるい空気があふれた。美波《みなみ》は肩にかけたタオルで濡《ぬ》れた髪を拭《ふ》きながら出てきた。丈が足首のあたりまであるシャツのような形をしたワンピースを着ていて、手にはエコバッグのようなものがあった。

「その服どうした？」

「タオルといっしょに入ってたよ」

彼女は床に置かれた箱を指差した。「幸久の分もある」

「俺もそれ着るの？」

「嫌《いや》ならいいけど」

笑いながら彼女は洗面所のドライヤーを手に取った。

幸久は鏡を見つめながらブローする彼女を眺めた。ドライヤーの風を上から当てたり下から当てたり、手を使ったりブラシを使ったり、手を変え品を変えて彼女は髪を乾かし、セットしていく。幸久のやり方とはまるでちがった。髪というものの持つ機能まで根本からちがっているようだった。

「見られてるとやりにくいな」

彼女がドライヤーのスイッチを切り、洗面ボウルのとなりに置く。

「俺もシャワー浴びよう」

幸久は体を起こした。

ベッドからおり、机の上に置いてあったケーブルをスマホにつないで充電する。

美波が自分のと色ちがいのエコバッグを差し出してきた。

「これ、脱いだ服を入れるやつ。幸久の分も買っといた」

「ありがと」

幸久はパッケージに入ったままの着替えとエコバッグを持ってバスルームに入った。

トイレと小さなバスタブだけの空間に、美波の残した香りがまだ漂っていた。その中で服を脱ぐと、彼女に裸を見られているような気持ちになった。タイルが張られた自宅の風呂《ふろ》場とちがって足は冷たくなかった。

シャワーで頭を洗い、ボディソープで体を洗うと、バスルームに充満するのと同じ香りに包まれた。また別の香りがするバスタオルで水分を拭《ふ》き取り、新品の下着を身に着ける。その上にホテルのパジャマを着た。ワンピース型で、体にまとわりつかないのでリラックス感があるが、ゆったりした中に空気が通ってすこし寒かった。

バスルームから出ると、ベッドに寝ていた美波《みなみ》が顔をあげた。

「かわいいじゃん、パジャマ」

「これ、俺が着るとインドのおじさんみたいなんだよなあ」

幸久《ゆきひさ》のことばに彼女が笑った。彼女の手にするスマホから人の声が漏れている。

「何観《み》てんの？」

「ホラゲ実況」

「ふうん」

彼はドライヤーで髪を乾かし、ついでに歯を磨いた。

洗面所の照明を消し、机の上のスマホを取る。ケーブルを引き抜いて奥のベッドに向かった。

「何ていう人の配信？　俺も観る」

「いっしょに観ようよ」

美波が掛布団の端を持ちあげた。暗い中にはだけた脚がのぞく。

「え？」

「いっしょにいるのに別々のスマホで観るの変でしょ」

「……まあ、そうかな」

幸久は彼女の布団の中におそるおそる入りこんだ。

スマホを枕に立てかけて、腹這《はらば》いになって配信を観る。

「家だとずっとこの体勢で観てる」

「俺も」

寒いので頭から布団をかぶった。暗い中に画面の光が浮かびあがる。

配信者は幸久の知らない人だった。彼がプレイするのは悪霊か何かから逃げまわるゲームで、ゾンビ物などとはちがい、敵に反撃することはできないらしかった。恐ろしい姿をした敵が迫るたび、彼は悲鳴をあげて逃げ出す。その迫真のリアクションに美波も幸久も笑った。

一度敵に追いつかれ、ゲームオーバーになったところで配信者がコメントを読んだ。

「スーパーチャットありがとうございまーす。えーと……『彼女といっしょに観てます』？性の六時間って何時からだっけ。九時？　もうはじまってんじゃん」

コメント欄が加速する。どこの配信でも見るノリでみんなカップルやクリスマスに対してキレてみせていた。

美波《みなみ》がシーツに顔を埋《うず》めて笑った。

「『私たちもホテルで観《み》てます』って書くか」

「いやそれ煽《あお》りでしょ」

ほんの二ヶ月くらい前までは幸久《ゆきひさ》もそんなよくある流れで笑っていた。わずかの間にいろいろなことがあって、いま女の子と同じベッドに寝ている。彼自身は何も変わっていなかった。一日彼女と過ごしたあとでも、こうして密着すると緊張する。

ずっと脚と脚とが触れていた。ワンピース型のパジャマがまくれて、幸久のふくらはぎに美波の意外なほど小さな足が乗る。その爪《つめ》の形までも感じ取ることができた。頭からかぶった布団の下はふたりの放つ同じ香りで満ちて、それでも隠しきれないにおいをふたりともが発していた。ふしぎと幸久にはそれが恥ずかしくなかった。

重ねた両手の上に顎《あご》を乗せていた美波が目を閉じたまま開かなかった。配信者のあげる大きな声にも反応しない。

幸久は彼女の肩をそっと押した。

「やっぱもう寝ろ」

彼女が薄く目を開け、シーツに顔をこすりつけた。

「駄目だ。寝るわ」

「今日たくさん歩いたから」

「体力ないな、私」

彼女はスマホの画面を消した。「幸久みたいにガソスタのバイトとか絶対できない」

「慣れれば余裕だけどな」

幸久は彼女のとなりから抜け出て、部屋の電気を消しに向かった。

「こっちでも消せるよ」

美波がヘッドボードにあるつまみをひねって部屋を徐々に暗くする。

幸久はペットボトルの水を一口飲み、冷蔵庫に入れた。

暖かい美波の布団の中に慣れたあとでは思いのほか部屋は寒く、彼は小走りに移動して自分のベッドに潜《もぐ》りこんだ。

「うわ、冷たっ！」

この部屋に入ってから一度も触れていなかったシーツは氷のように冷えきっていた。

美波が布団から顔を出し、笑う。

「こっちのベッドを温めてくれてありがとう」

「あれ罠《わな》かよ」

幸久は冷たいシーツと冷たい布団の間で膝《ひざ》を抱え、体を丸めた。そうすることで体温が奪われるのをいくぶんか防げたが、まわりに冷たい空隙《くうげき》ができた。彼はさっきまでとなりにいた温かい肉体を想《おも》った。

しばらく丸まっていると、布団の下の空間が暖まってきた。幸久《ゆきひさ》は仰向けになり、四肢を伸ばした。

分厚いカーテンで外の光は遮られ、室内は真っ暗だった。どこかで誰かのくしゃみをする声が聞こえた。幸久は外から見たホテルの姿を思い出した。きっと客室は百以上あるだろう。この建物の中にいままで関わりあうことのなかった人たちが集まって同じようなパジャマを着て同じような格好でこうして眠ろうとしているのだと思うと、なんだか運命的なものを感じた。

となりのベッドが小さく軋《きし》んだ。

「幸久、起きてる?」

美波《みなみ》が相手の居場所をさぐるような声を出した。

「うん」

幸久は彼女の方に顔を向けたが、闇《やみ》に目が慣れていないので何も見えなかった。

「昼間見た大学、どう思った?」

彼女の問いに幸久は、暗いのをいいことにはっきりと顔を背《そむ》けた。

「いい感じだった」

「幸久といっしょにあの大学行きたい」

「うん」

「私は本気で思ってる」

「うん」

「それで、帰りが遅くなったらうちに泊まればいい」

「あの距離歩いて帰れないってどういう状況？」

「うちに引っ越してきてもいいよ。こうやってふたりで寝るの、なんか落ち着く」

眠気からか幼く聞こえる彼女のことばに、幸久はほほえみ、目を閉じた。

いつまでこんなことを続けるのだろうと思った。ふわふわした夢を語っていても未来は拓《ひら》けない。「冬」の目を盗んで楽しいことだけやっていく生き方こそが「いかがわしい」のではないかと彼は思った。

「美波、俺は──」

言いかけて、相手の反応がないことに気づいた。彼女に言いたかったことが闇に蒸発していき、結晶のように頑《かたく》なな思いだけが残った。彼は家でしているように頭から布団をかぶった。

部屋の闇より暗いものに視界が覆われる。あらゆる感覚が失われ、自分の体が一本の線に化すと思う。朦朧《もうろう》とする意識の中で彼は、ホテルで眠る者たちが百本超のけっして交わらぬ平行線となるイメージを思い浮かべていた。


朝、目がさめて部屋の広さに違和感をおぼえた。

カーテンの縁から漏れ入る光は、夢に馴染《なじ》んで柔く鋭敏になった目が部屋の全体像をとらえるのに充分だった。意外なほど近くで電車の音がした。

幸久《ゆきひさ》はすばやく起きあがり、窓に寄った。昨夜は気づかなかったが、窓の真下に線路があった。土手の上に四本の線路が走り、雪景色の中で黒い八本の線と化して平行に延びていた。いままた幸久の視界を横切って列車が駆け抜けていった。そのあとには抜けるような青空と、それと対照的にあいまいな朝の光が残された。幸久は自分がここにいる理由を思い出した。

窓際を離れ、となりのベッドに目をやる。掛布団がかすかに膨らんでいる。美波《みなみ》の顔は髪に隠れて見えなかった。

部屋に漂う香りから疎外されているような気がした。昨日は自分もその一部だったのに、一晩たつと、体が別のにおいを発している。

彼は洗面台の前まで移動した。膝《ひざ》を屈《かが》めて冷蔵庫を開ける。水のペットボトルを取り出して一口飲んだ。水は思ったよりもぬるかった。彼はすこしの間ボトルを見つめたあとで、またしゃがみこんだ。冷蔵庫の中をのぞくとダイアルがあった。「切」を指しているダイアルを最大の7までまわすと、冷蔵庫が低くうなりだした。ドア裏のポケットにはロールケーキがたっぷりのクリームを見せつけるようにして寄りかかっていた。

ペットボトルを片手にベッドまでもどった。縁に腰かけ、もう一口水を飲む。朝一番に飲む水としてはこれくらいぬるい水の方がいいようだった。

美波の方を見ると、髪の毛の隙間《すきま》からあの睫毛《まつげ》の濃い、鮮やかな目がのぞいていた。起きているのかわからないので見つめていると、彼女がまばたきをする。

「電車の音、聞こえた？」

「うん」

　彼女は顔の下半分を布団に埋めたままうなずいた。

「今日は帰れそうだ」

「おなか空いた」

　彼女がうつぶせになり、顔を枕に押しつける。

「朝メシ、ビュッフェだよな」

「ビュッフェっていいよね。料理を選んでるときがいちばん生を実感する」

「他もっとあるだろ」

　幸久が言うと彼女は笑い、顔を彼の方に向けた。

「帰りたくないね」

「え？」

「ベッド広いし、朝ご飯ビュッフェだし、ふたりきりだし、ずっとここがいい」

「雪かきもしなくていいしな」

「そうだね」

　大きくて柔らかい枕に頭を預け、分厚いけれども軽い布団に包《くる》まり、きれいな白いシーツの上に横たわる彼女は満ち足りて見えた。「冬」が来てから起きたつらいことも悲しいことも、遠い世界の話のように感じられた。

「俺も帰りたくない」

そう言って幸久《ゆきひさ》は彼女の顔を見つめた。

たとえこれが長くは続かないことであっても、いかがわしいことであっても、いますこしだけはこうしていたいと彼は強く願った。

第五章

冬休みの間、幸久《ゆきひさ》は代わり映えしない日々を送った。勉強し、バイトをし、雪かきをする。美波《みなみ》は甲府にある祖母の家に行ってしまったので、ずっと会えなかった。彼女はよく自撮りや街の写真を送ってきた。街並みは雪に覆われて、出海町《いずみまち》とさして変わらなかったが、まっすぐな道の向こうに高い山の立ち塞《ふさ》がっているのが幸久の目には新鮮だった。自分の知らない世界を美波が知っているのだと思うと、会えない寂しさに別の色が混じった。

年が明けて始業式の日、朝から降っていた雪が激しくなった。式のあとのホームルームは中止になり、早々に下校するよう放送で指示が出た。

午前中の静かな街に生徒たちは放り出された。ひさしぶりに会った同士しゃべりながら歩くが、降る雪に吸われてその声は高く響かなかった。

幸久は駅の入り口で友人たちと別れた。横須賀西《よこすかにし》高校の生徒は大半が電車通学で、バスで帰る者たちはさらに駅前ロータリーに五つあるバス停に分散した。出海町に向かうバスを待つのは幸久と美波を入れて四人だけだった。

バス停に屋根はあったが舞う雪には無力で、四人ともが屋根の下で傘を差していた。幸久からは、間に一人置いて立つ美波の顔を見ることができなかった。彼女がスマホをすこしいじってコートのポケットにしまった。幸久はロータリーに入ってくるバスを見て傘を閉じた。

始発の車内に四人は散らばって座った。二人掛けの窓際に腰かけた美波の横を通って幸久はそのふたつうしろの席に着いた。

窓の外を見つめ、発車を待っていると、美波がとなりにやってきた。彼の体を窓際に押しこむようにして座る。

「ひさしぶり」

そう言って彼女はほほえんだ。

幸久はぎこちなくほほえみを返した。会って話すのはクリスマス以来だった。クリスマスプレゼントとして贈りあったお揃《そろ》いのマフラーがいまさら気恥ずかしかった。

「雪かきしてくれてありがとう」

彼女がマフラーを指ですこし緩めた。

「別にいいよ」

幸久は傘を窓枠にひっかけた。

美波が不在の間、彼は門の鍵を預かって家まで続く道の雪かきをしていた。

「帰ってきて十日分の雪が積もってたら詰むだろ」

「そんなの門の前で泣き崩れるわ」

笑いあうふたりの声をブザーがかき消し、バスが動きだした。

窓の外の景色は気が滅入るものだった。アーケードの柱は雪の重みでひしゃげ、狭い歩道は雪に埋まり、山は美波《みなみ》の写真にあった青い峰々《みねみね》とはちがって裸の木と雪とで白黒まだらになっている。

すべてのものが雪に覆われ、消えていこうとしているようだった。東京や横浜は残るだろうが、小さな町はそこに住む人々とともに「冬」に呑《の》まれていく。

「甲府どうだった?」

幸久《ゆきひさ》が尋ねると、美波は頭を椅子《いす》の背もたれに預け、バスの天井を見あげた。

「寒かった。盆地だから夏暑くて冬寒い」

「やばいな、それ」

「私はやっぱり出海町《いずみまち》が好きだな」

美波のことばに、幸久は窓の外を見遣り、応《こた》えなかった。

いつものバス停で降りたふたりは、黙って歩きだした。歩道が雪の山の下に隠れているので、車道を行かなければならず、並んで歩くことはできなかった。幸久は背後に美波の雪を踏む音を聞いた。

脇道《わきみち》に入ったところで、彼女が傘をぶつけてきた。

「お昼どうする?」

「親には適当に何か食えって言われてる」

「じゃあ、うち来なよ。おばあちゃんがうどんくれたから」

「うどんって……ほうとう？　あれ山梨だよな？」

「かぼちゃとか切るのめんどいから無理。ふつうのうどん」

幸久は自宅に帰らず、美波の家に行った。

キッチンは冷凍庫の中のように冷えきっていた。幸久はクッキングヒーターにかけた鍋を足踏みしながら見守った。

「やば」

冷蔵庫の中を見ていた美波が声をあげた。

「どうした？」

「クリスマスケーキの残り、去年から入れっぱなしだった」

「それはやばい」

「あれ美味《おい》しかったのになあ」

「うまかったな。また食いたい」

玄関のチャイムが鳴った。美波が冷蔵庫のドアを閉めてそちらに向かった。

宅配業者が大きな箱をふたつ置いていった。美波が腰を屈《かが》めて箱の上部を見つめている。

幸久はキッチンのカウンターに手を突いて身を乗り出した。

「何か買ったのか？」

「うん」

「あ、ひょっとして甲府から？」

「……うん、そう」

彼女は宛名のラベルを剝《は》がし、握り潰《つぶ》した。

うどんの乾麺《めん》を沸騰したお湯の中に入れ、幸久《ゆきひさ》は玄関に向かった。

「すげえ。石油ストーブじゃん」

小さい方の箱の側面にストーブの絵が描かれていた。よくある四角いタイプではなく、円筒形のモデルのようだった。

美波《みなみ》がはさみを取ってきて大きい方の箱を開けた。

「こっちはポリタンクとポンプと、これ何だ？　台車みたいなやつ。……ああ、これにポリタンク載せて運ぶんだ」

「至れり尽くせりだな」

「灯油は入ってない」

「そりゃそうだ」

幸久はポケットからスマホを取り出した。「バ先で灯油の配達やってるけど、どうする？」

「じゃあ頼もっかな」

「わかった」

彼はガソリンスタンドの店長に電話をかけた。

「お疲れさまです。天城《あまぎ》です」

「おう、どうしたの？」

「灯油の配達、新規でお願いできますか？　ご近所さんなんですけど、石油ストーブ手に入ったっていうんで」

「これからですか？」

「これから配達に出るから、そのときでいいかな？」

幸久は美波と目配せしあった。「わかりました。家の前にポリタンク置いとくよう言っときます」

「営業がんばってんじゃん」

「いや、まあ、たまたまそういう話になったんで」

電話を切って美波の方を見ると、にやにやと変な笑いを浮かべていた。

「何？」

「いつもと声ちがうなあって」

「そう？」

「バイト中はいつもあんな感じ？」

「そうかもな。知らんけど」

「今度見に行こうかな」

「きっしょ。親かよ」

彼はうどんの鍋を見にキッチンへともどった。ポリタンクを手に提げて門へ向かう美波《みなみ》の姿が窓から見えた。電話で言われた店長のことばが、はじめて褒められたというわけでもないのに、なぜか耳に残っていた。

できたうどんを二階に運んで食べることにした。

「あっ、美味《うま》い！」

一口すすった幸久《ゆきひさ》は目を丸くした。顆粒《かりゆう》のスープをお湯で溶いて刻み葱《ねぎ》とチューブの生姜《しようが》を加えただけのものだが、シンプルで優しい味が冷えた体に染み渡った。

美波が丼に口をつけて汁をすすった。

「そんなに？　風邪引いたときにいつも作ってるやつなんだけど」

「自分で作れるのすごいよ」

「これくらい誰でもできる」

「俺も料理できたらな」

「やってみたら意外とできるもんだよ」

そう言って彼女はさらに生姜を投入する。幸久はうなずき、またうどんを口に運んだ。

チャイムが鳴って、美波が部屋を出ていった。幸久はひとり残って食事を続けた。

半開きになったドアの隙間《すきま》から、配達に来た店長の河野《こうの》の声が漏れ入ってきた。それに応《こた》える美波の声は学校でも聞いたことのない色を帯びていた。

彼女が駆け足でもどってきてこたつに足を入れた。

「門から玄関まで持ってきてくれた。優しいね」

「あんな距離あると思ってなかったんだろうな」

幸久が言うと、美波は笑った。

昼食を済ませて階下におりた。

二人がかりで箱からストーブを取り出す。筒状の本体に小さな窓のあるのがむかしの潜水服の頭部を思わせた。天板と底板を取りつけ、点火用の電池を入れる。筒の土台の部分がタンクになっていて、そこにポンプのノズルを差しこみ、給油する。

「くっさ」

灯油のにおいが立ちのぼり、美波はノズルを持つのと反対の手で鼻を押さえた。幸久はバイト中のような気分になった。

給油を終えた美波が、U字形をしたハンドルを持ってストーブを持ちあげた。

「重《お》んも。これだとポリタンクの方が軽いかも」

灯油タンクが取りはずせないタイプなので、給油のときはちょっと不便そうだった。

「運ぶとき俺呼べよ」

幸久《ゆきひさ》のことばに背を向け、美波《みなみ》はストーブを持ったまま階段の方へと歩いていく。相当重いらしく、足元がふらついている。

「え？　もしかして上に置くの？」

「そうだけど？」

「でもこれ、広い部屋用っぽいんだけど」

「私は下の部屋使わないから」

幸久には理解できなかった。この家は大半の部分を「冬」に占領されていて、ストーブはそれを奪回するための強力な武器となるはずだ。美波はあの小さな部屋ひとつで満足だというのだろうか。

彼女が危なっかしい足取りで階段を踏みのぼっていく。幸久は追いかけていって、彼女とともにストーブのハンドルを持った。

「うわ、怖《こ》っわ」

階段は壁から踏板が突き出ただけのもので、手すりもついていない。ふたり並んでのぼると、外側の幸久はちょっとバランスを崩しただけで落ちてしまいそうだった。上から見おろす玄関ホールと吹き抜けのリビングは暗く静まりかえり、彼が転落するのをじっと待ち構えているように見えた。

美波の部屋の隅にストーブを置いた。こたつ布団が触れてしまいそうなので、こたつの方をずらす。

　幸久は下から持ってきた取扱説明書を読んだ。

「はじめて使うときは灯油入れてから二十分待てって。油を染みこませるらしい」

「じゃあその間フリートークするか」

　美波はベッドに腰かけ、幸久はこたつに入るのも変なので、ドアの前に立った。これから石油ストーブに火が入るのだと思うと、エアコンで暖められただけのこの部屋がひどく寒く感じられた。彼は学ランのポケットに手をつっこんだ。

「あそこって何か焼いたりできるのかな」

　美波がストーブの天板を指差す。

「焼くのは無理でしょ。やかん置いてお湯沸かすくらいじゃないか？」

「てことはコーヒー飲み放題か」

「放題かどうかは自分次第だけど」

　時間がたったので、ストーブに火を点《つ》ける。対震自動消火装置をセットし、レバーを押しさげると、中の筒が傾いて火が円形に燃えひろがった。

　正面の小窓と、天板と本体の隙間《すきま》からオレンジ色の光が漏れ、次第に部屋が暖まってきた。

美波がブレザーを脱ぎ、ベッドの上に置いた。

「すごいあったかいね、これ」

「うん。あったかい」

「幸久《ゆきひさ》も寒いときはストーブ当たりに来なよ」

「行き帰りの寒さがなければ来るんだけどな」

ストーブの火は最初だけ揺れ動いて、あとは電球だとかスマホだとかと同じ、均一な光を放った。それでも人の力で制御しきれぬ、強く恐ろしい力であることに変わりはない。襲い来る「冬」に対抗するにはそうした力を家の中に持ちこまなくてはならなかった。

幸久は目が痛くなるほどにストーブの小窓を見つめ続けた。


始業式のあとは数日間好天が続いたが、また大雪になった。

今度は夜中に降りはじめたので、学校はリモートになった。

幸久は鞄《かばん》と雪かきスコップを持って家を出た。激しい雪だが傘は差さず、ダウンジャケットのフードをかぶって歩く。

美波《みなみ》の家の前はきれいに雪かきされてあった。門の内も雪を分けて道がはっきりと作られてある。

スライド式の門を開けると、水滴が落ちて袖《そで》を濡《ぬ》らした。

道をたどり、林を抜けると、美波がいた。家の前の雪を庭に放っている。

「おはよう」

彼女が幸久に気づいて作業を止めた。

「おはよう」

彼はスコップを肩に担ぎ、彼女に歩み寄った。

彼女は制服の上にマウンテンパーカーを羽織っていた。短いスカートから伸びる脚は朝の冷気に晒《さら》されていっそう白く見えた。

「寒そう」

幸久は自分のズボンに視線を落とした。「前から思ってたけど、制服って寒いよな」

「そのうちフリースのセットアップとかになるのかな、このまま『冬』が続くなら」

「そっちの方があったかくていいな」

「未来の高校生が私たちの写真見たら、ふしぎに思うだろうね。『みんな寒そうな服着てる』って。たぶんこういう制服のよさをわかる人はいなくなるんだろうな。こんなにかわいいのに」

そう言って彼女はその場でくるりと一回転した。スカートがふわりとひろがって紺の地に白い雪を受けた。

あたらしい時代がはじまろうとしている。ライト兄弟がはじめて空を飛んだとかアポロ十一号が月に行ったとか、そんな胸の高鳴るような話ではなく、いまより積もる雪がすくなかったという理由で一年前の世界をうらやむ、そんな時代だ。いまあるうつくしいものたちが生ぬるい時代の遺物と嘲《あざわら》われるか、雪に埋もれて忘れられる。

幸久《ゆきひさ》はこうして雪かきしているだけの自分を歯がゆく思った。

美波《みなみ》がスカートの雪を手で払った。

「まあ、うちの制服はダサいけど」

「ひでえ」

幸久は笑った。

背後で物音がした。先程ここに入ってくるとき彼も立てた音だ。水滴の落ちた袖《そで》はまだ濡《ぬ》れている。

彼は美波の方を見た。

「何か配達とか頼んだ?」

「ううん。灯油もまだあるし」

彼女は頭を振る。幸久はスコップの柄を両手で握り、音のする方に体を向けた。

林の間から大柄な車がゆっくりと姿を現した。レクサスのLX570だ。色は白かシルバーか、降る雪が重なって判別できない。バイト先でたくさんの車を見ている幸久も、これの実物を目にするのははじめてだった。この大きなSUVが国道からの細い脇道《わきみち》をよく通れたものだと彼は変な感心をした。

車は、家の中から見て窓からの景色を邪魔しない絶妙な位置で停まった。

運転席の男性が降りてきた。カジュアルなジャケットにシャツとパンツという格好で、手にはダウンジャケットと大きなレザーバッグを持っている。あまり堅くない企業の出勤姿という雰囲気だ。短く刈りこまれた髪には白いものが交じるが、顔を見るとそこまで高齢でもないようだった。

車のドアを閉めた彼は美波にほほえみを向けた。

「ひさしぶり」

「なんでいるの?」

美波が幸久も聞いたことのないような尖《とが》った声を発した。

男性はほほえみを浮かべたまま眉間《みけん》にしわを寄せた。

「いや、なんでって、ここ俺の別荘なんだけど」

それを聞いた美波がスコップを雪に叩《たた》きつけ、踵《きびす》を返して家の中に入っていった。

幸久は何が起こっているのかわからず、立ちつくした。

男性がおっかなびっくりといった様子で雪を踏み、近寄ってきた。幸久の前に立つと、会釈をする。

「美波の父です」

幸久も頭をさげた。

「天城《あまぎ》です。美波さんとは同じクラスで――」

彼のことばを遮るように美波の父はくりかえしうなずいた。

「義母《はは》から聞いています。毎日雪かきをしてくれているそうで」

「ええ、まあ」

幸久《ゆきひさ》はスコップの柄を固く握り締めていたことに気づき、その手を緩めた。

美波《みなみ》の父が幸久のリュックに目をやった。

「これから学校ですか?」

「今日は警報出たので自宅待機です」

幸久は家の方を軽く指差した。「それでオンライン授業いっしょに受けようと思って」

美波の父が腕時計を見る。

「もしよかったらコーヒーでも。雪かきのお礼に」

幸久はスコップの先で雪を突いた。

「じゃあ、いただきます」

彼は美波の父のあとに続いて家の中に入った。

家にあがった美波の父はポールハンガーにダウンジャケットをかけると、玄関ホールの高い天井を見あげた。

「寒いな」

幸久もダウンを脱いでハンガーにかけた。美波の父のものとくらべると、彼のはずいぶんと薄っぺらく、くたびれて見えた。

美波の父がリビングに入り、照明とエアコンを点《つ》けた。

「石油ストーブを送っておいたはずなんだけど……」

幸久はちらりと二階を見あげた。

勧められるまま、彼はソファに腰かけた。彼の背後で美波の父はC字形をしたキッチンカウンターの中に入った。

「ドリップバッグを買ってきてよかった。いつもは豆から挽《ひ》くんですけど、急ぎのときにはこっちの方がいいですからね」

クッキングヒーターの電子音が聞こえた。

幸久は視界いっぱいにひろがるガラス窓を眺めた。雪がガラスに当たって細かい音をひっきりなしに立てた。目の前で大雪が降っているのに肩や髪に雪が積もらず、体も濡《ぬ》れずにいるのは、ふしぎと孤独にも似た思いを彼に抱かせた。

「『冬』には向いていない建物だな」

気づかぬうちに美波の父がソファのとなりに立っていた。「全面ガラスで断熱性がないし、天井が高すぎて暖房効率が最悪だ。建てた当初はそんなこと思わなかったんですけどね」

「仕方ないです、それは」

幸久はガラス窓の底に積もった雪を見つめて言った。

「天城《あまぎ》さんはずっと出海町《いずみまち》ですか？」

「ずっと……まあ、そうですね」

「僕はシンガポールと東京を行ったり来たりです。といっても、こっちに帰ってくるの二年ぶりなんですけどね。『冬』が来てからはとにかく飛行機が飛ばなくて」

シンガポールの印象というと、幸久《ゆきひさ》には『冬』が来る前のものしかなかった。

「向こうは寒いんですか?」

「ネイティブの人は寒すぎるって文句言ってますけど、日本よりはましですね。雪は降らないし、気温も氷点下までは行きません」

お湯の沸く音がした。美波《みなみ》の父がキッチンにもどっていった。

「自宅待機はどのくらいの頻度なんですか?」

背後からの声に幸久は窓の方を向いたまま答えた。

「週一回はあるって感じです。多いときは週四とか」

「オンライン授業はどんな感じですか?」

「先生によってまちまちですね。あらかじめ課題を出しておいて、それを生配信で解説するとか、あとはふつうに授業の動画を流したり」

「工夫がないですね。お話を聞く限り、学校側が現在の状況に対応できていないように感じます」

コーヒーの香りが漂ってきた。この部屋の冷えきった空気に熱を連想させる香りが混じると、自分の体も温まってくるように錯覚した。

美波の父がコーヒーカップをふたつ運んできた。

「どうぞ」

「いただきます」

幸久は砂糖とミルクを入れてからコーヒーをすすった。味の良し悪しはわからないが、いつものインスタントよりはずっと香ばしい気がした。

美波の父が窓際から椅子《いす》を持ってきて幸久の向かいに座る。

「出海町《いずみまち》はいいカフェが多いですよね。今回は時間がなくて行けませんが」

「こっちにどのくらいいるんですか？」

「今日中に東京にもどります。明日にはまたシンガポールです。仕事を空けられないのもあるんですけど、チケットがこの日しか取れなかったので」

彼は渋い表情でコーヒーを飲む。正面に座られて、幸久は窓の光景に視線を逸《そ》らすこともできなかった。

「こっち来たのって何かの用事ですか？」

美波の父もまっすぐに幸久を見ていた。

「美波をシンガポールに連れて帰ろうと思ってまして、その話をしに来ました」

幸久はコーヒーカップの中に視線を落とした。

「何ていうか……急ですね」

「きっかけは、肺炎で入院したという話を義母《はは》から聞いたことです。あの子は小さい頃から体が弱かった。だから気候の穏やかな土地に住まわせてあげたいと思ったんです。でももっと重要なのは教育の問題です。さっき高校の話を聞かせてもらいましたが、大学の方もまともに機能してないようなんです。日本の大学に通うお子さんを持つ知人たちからいろいろ情報が入ってきています」

美波《みなみ》の父がカップをテーブルに置く。幸久《ゆきひさ》はそれを自分のと見くらべて、自分のコーヒーが全然減っていないことに気づいた。

「いま環境の変化によって社会が大きく混乱しています。その混乱は長続きしないでしょう。人体と同じように、社会にも恒常性があります。元の日常を取りもどそうと社会全体が反射的に動いていく。それによって多くの人は救済されます。ですが、若い人はどうなるでしょう。その混乱期がちょうど学生時代に当たってしまった人は他の世代よりレベルの低い教育を受けて、不利な条件で社会に出なくてはならない。こんなのは不公平です。僕は納得できない」

「それでシンガポールですか」

幸久は美波の父に追いつくようコーヒーをぐっと飲んだ。

「『冬』の影響がすくなくて、教育の現場がきちんと動いてますからね。そもそも教育レベルが高いというのもありますが」

美波の父がカップを持ちあげ、口をつける。幸久はカップを両手で包んだ。

「日本とシンガポール、どっちがいいかはわかんないですけど、実際に行くかどうかは美波さんが決めることだと思います」

美波の父がため息をついた。

「彼女に決めさせた結果がいまの状況です。家出同然で一人暮らしして、家族がバラバラだ。僕はもうこんな失敗をくりかえしたくない」

強い口調で言われて、幸久は口を閉ざした。美波の父は高い天井を見あげた。

「結局のところ、別荘ですからね。ずっと住むような場所じゃない。ここは手放すつもりです」

エアコンの風の音が響いた。吹き抜けでガラス張りで玄関まで仕切りもなく一体となった空間はすこしも暖かくなっていなかった。

幸久はコーヒーを飲み干し、スマホを見た。時刻を確認して立ちあがる。

「オンライン授業は家で受けることにします」

コーヒーの礼を言い、歩きだす。玄関に向かう途中で彼は二階を見あげた。美波の閉じ籠《こ》もる部屋は支える柱もなく、家の中のすべてから遊離しているように見えた。


翌朝は美波に会えなかった。

登校前に幸久は彼女の家へ行き、雪かきをした。そこに彼女は姿を現さなかった。

「話がしたい」とメッセージを送っても、既読がつかない。

また風邪でも引いたのかと思っていたが、二時間目の途中で彼女は教室に入ってきた。幸久《ゆきひさ》のいる方には目もくれず、まっすぐに前を見て、眉間《みけん》にしわを寄せている。遅刻に対して悪びれない傲岸《ごうがん》な態度に見えて、教室の空気がすこし緊張した。

次の休み時間、幸久はまた彼女にメッセージを送った。友人たちに囲まれている彼女は机の上のスマホを取り、画面を見てまた机に置いた。幸久の方に視線を寄越すことはない。

「おい幸久、どうした？」

恒太朗《こうたろう》に声をかけられ、幸久は胸の前で握り締めていたスマホをポケットにもどした。

「いや、別に」

机のまわりに集まった恒太朗と慧《けい》のおしゃべりは、彼の耳にはまったく入ってこなかった。美波《みなみ》の方に目をやると、彼女も友人たちの会話に加わらず、仏頂面で座っている。

教室に響く同級生たちの声が風や波の音のように聞こえた。

それを振り払うように彼は立ちあがった。そのまままっすぐに机の間を歩いていく。

美波の前に立っても、彼女は顔をあげようとしなかった。

「話がある」

彼が言うと、美波の友人たちがおしゃべりをやめた。

「何？　どした？」

となりの机に腰かけていた小林朱莉《こばやしあかり》が笑いだす。「ひょっとして告白か？」

幸久は彼女に顔を向けた。黙って見つめていると、彼女はぎこちなく笑いを中断して目を伏せた。

「場所替えよう」

彼は美波の腕を取り、ひっぱった。意外にも抵抗はなく、彼女は椅子《いす》から立った。

彼女の腕をつかんだまま、彼は廊下に出た。教室中が騒ぎだすのを彼は背後に聞いた。

階段をのぼり、屋上に出るドアの前まで来た。彼は彼女の腕から手を離し、ドアに寄りかかった。

「シンガポールの話、お父さんから聞いたよ」

彼が言うと、彼女が今日はじめて彼の目を見た。

「私も聞いた。ドア越しに」

「シンガポール住みって何してる人なん？　ＹｏｕＴｕｂｅｒか何か？」

彼のことばに、彼女はわずかに頰《ほお》を緩めた。

「向こうの会社でファンドマネージャーやってる」

「何それ」

「投資信託を運用する仕事」

「ふうん。よくわからんけど」

彼はドアの小窓から雪に覆われた屋上を見た。「話した感じ、ちゃんとした人っぽかったな」

「ちゃんとしてるのかな」

「してるよ。娘の将来のことをちゃんと考えてる」

「それだけでちゃんとしてることになるの？」

「俺の父親なんて全然養育費を払ってないよ。会いに来たこともないし。離婚した原因も、経済的DVっていうの？　家に全然金を入れなかったからだって話」

生前の祖母から聞かされていたことだった。母の口から直接語られたことはない。父のことはこれまでずっとみずからの恥と感じていた。こうして他人に話すのははじめてだった。

彼女が薄暗い天井を見あげた。

「私が中二のとき、お母さんが入院して、その頃あの人はいまの会社に移ってシンガポールと東京を行き来するようになった。そのあと、お母さんが死ぬまであの人はろくに見舞いにも来なかった。お母さんの世話は私とおばあちゃんがやってた。お葬式のあとであの人は言ってた。『お母さんの死に向きあうのが怖かった』って。それでもあの人はちゃんとしてるって言える？」

語気に圧《お》されて、彼は小さく頭を振った。

彼女は目に涙を浮かべて彼を見ていた。

「でもね、私もあの人と同類なんだ。入院中のお母さんの世話をするのが嫌《いや》で嫌でたまらなかった。あの人の悪口を延々と聞かされるのも嫌だったし、きれいだったお母さんがどんどんやつれていくのを見るのも嫌だった。だから、だんだん病室に行かなくなって、死に目にも会えなかった。私はずっとあの病室から逃げ続けてる」

彼女は流れ落ちる涙を手の甲で拭《ぬぐ》った。

彼は彼女のそばにより、彼女の腕をさすった。

「俺のばあちゃんも入院してそのまま死んじゃったけど、俺は全然見舞いに行かなかった。いまになってそれをすごく後悔してる。もっと会いに行って、たくさん話をしとくべきだったって。でも、いま同じ状況に置かれたとして、見舞いに行くかっていうと、ぶっちゃけそんなには行かないと思う。勉強やバイトがあるし、美波《みなみ》が言ったみたいな嫌な思いもしたくない。小学生でも中学生でも高校生でも自分の生活ってもんがあって、そのすべてを誰かに捧げるなんてことはできないんだ。だから俺は美波が悪いとは思わない」

彼は勢いこんで言い、ひとつ息をついた。

彼女が赤くなった目を彼に向けた。

「私が入院したときお見舞い来るって言ってなかった？」

「そうだったっけ？」

彼は下手なごまかしが我ながら可笑《おか》しくて、吹き出してしまった。彼女も笑いだす。

「幸久《ゆきひさ》はいざというとき人のために動くよ。私にはわかる」

「どうかな」

今度はごまかしなどではなかった。この先「冬」がさらに厳しくなっていったとき、自分がどんな行動を取るか、彼には想像もつかなかった。

彼女が歩み寄り、彼の胸に頭を預けてきた。

「私はあの人のところに行かない。幸久《ゆきひさ》といっしょにいる」

「ああ」

彼は彼女を抱き締めた。彼女の濡《ぬ》れた睫毛《まつげ》が首筋に触れた。

「あの人は別荘を売るって言ってた。そしたら私はどうしようかな。甲府のおばあちゃんとこだとさすがに西高通えないか。出海町《いずみまち》でアパートさがそうかな」

「いいじゃん」

「東京でもいいかもね。大学行ったらそっちの方が便利かも。幸久も泊まっていけばいい。遅くなったときとか、この間みたいに電車が止まったときとか」

「それはいいな」

彼は彼女が日本に残るのを決めたことに安堵《あんど》していた。彼女の気持ちや将来のことを考慮したのではない。ただ、いま腕の中にあるぬくもりを手放したくないという利己的な理由から来たものだった。

彼はまた、彼女の愚かさにも気づいていた。父親を「あの人」などと呼びながら、その父親の所有する別荘で暮らしている。彼女が進路や住むところを自由に選べるのは父親の資産のおかげだ。母親が失業間近で将来の見通しが立たない彼とくらべてずっと恵まれている。その恵まれた環境から充分な恩恵を受けながらそこに反抗しているのは、子供っぽく、甘えた態度だといわれても仕方ない。

彼女の甘えと自分のエゴイズムと、どちらも人として欠けた部分で、「冬」の前では致命的で、でもだからこそふたりしがみついて耐えるしかないと彼は思った。運命というのではないが、そういうふたりだから出会い、惹《ひ》かれあったのかもしれなかった。彼女の涙はすでに乾き、肌の温かさだけが彼の首筋に触れていた。

階下で休み時間終了のチャイムが鳴った。

「教室帰るの気まずいな」

彼は彼女の髪に顔を埋めた。「あんなふうに教室飛び出して。あとで絶対いじられる」

「もうすこしこうしていよう」

彼女が彼の首に腕をまわす。

学校中の音が届かなくなった場所で、ふたりは抱きあいながら動かずにいた。

大雪警報による休業のせいで幸久のバイトはすっかり不定期になっていた。

その日は、降雪はなかったが風が強く、地面の雪が舞いあげられて吹雪の日よりも視界が悪かった。

幸久《ゆきひさ》と同僚の松橋杏奈《まつはしあんな》はサービスルームの前に並んで立っていた。

「寒《さ》んむ」

杏奈が体を揺するだけでは飽き足らず、その場でジャンプする。

「寒いですね」

幸久はフリースのネックウォーマーをひっぱりあげ、鼻までを覆った。彼はずっと美波《みなみ》の体のぬくもりを思い出していた。ふたりの関係が同級生に知られて以来、学校でもふたりで過ごすようになった。いっしょにいる時間が増えると、かえって会えない時間が長く感じられるようになった。

「暇だなあ」

杏奈が一度サービスルームの方をふりかえった。「こんだけ暇だと、ここ潰《つぶ》れるんじゃない？」

「どうですかね」

幸久は笑った。

「潰れないにしてもセルフにはなりそう」

「この辺でフルサービスなの、うちくらいですからね」

杏奈が雪の上に小さな円を描くような形で歩きだした。

「ここの仕事なくなったらどうしようかな。横浜にでも行くか」

「何か当てがあるんですか？」

「先輩が福富町《ふくとみちょう》でキャバ嬢やってて、私も誘われてんだよね」

「キャバクラってどんな感じなんですか？」

「気になる？」

杏奈がいたずらっぽく笑った。「高校生にはまだ早いなあ」

「いや、そういうことじゃなく……時給とかどうなのかなあって」

「ここよりはいいんじゃない？　知らんけど」

彼女はぐるぐると歩き続ける。次第に足跡の描く円が深くなっていった。

「時給はいいけど、先輩は病んでるよ。そのまわりの夜職《よるしょく》の子もみんな病んでる」

「たいへんそうですね」

「生きるってたいへんだ」

杏奈が目をのぞきこんできた。睫毛《まつげ》の上に雪片の乗っているのが見えた。

「天城《あまぎ》くんも気をつけなよ」

「何にですか？」

幸久は距離の近さにどぎまぎしながら尋ねた。

「病まないように」

彼女はほほえんだ。

幸久《ゆきひさ》はことばの意味がわからぬままにうなずいた。

一台の軽自動車が車道から入ってきた。杏奈《あんな》が跳ねるような足取りでそちらに向かっていった。彼女が給油をする間、幸久は車の窓を拭《ふ》いた。

「お兄さん高校生？」

運転席の男性が声をかけてきた。幸久はうなずいた。相手は髪型や服装からして学生らしい雰囲気だった。

「寒いのにたいへんだね」

男性がにこやかに言う。幸久は頭をさげて応《こた》えた。

助手席には女性が乗っていた。運転席の男性と同じくらいの年恰好《かっこう》で、なんとなく雰囲気も似ていた。

「がんばってね」

彼女は穏やかな笑みを幸久に向けた。

「ありがとうございます」

彼はまた頭をさげた。

給油が終わり、車を送り出したあとで、杏奈がふりかえって幸久の方を見た。

「こんな日にデートか。うらやましいねえ」

幸久は彼らの乗っていた車を思い浮かべた。小さな軽自動車は密閉され、内部はアウターを着る必要もないほど暖かい。「冬」を生き抜くための最小の空間だった。彼は、自分と美波《みなみ》のためのあのような場所があればいいと思った。バッテリーが続く限り凍えることはないし、ガソリンを切らさなければどこへでも行ける。自分たちの力で自分たちの居場所を持つことができる。ふたりで作ったかまくらなどとはわけがちがう。

彼は車が走っていった方角を見つめた。雪煙に覆われて、もう車も道の延びていく先すらも見えなくなっていた。

一月も終わりに近づき、「冬」の中の冬とでも呼ぶべき気候になった。

リモート授業が一週間続いた。それだけの長い大雪は「冬」が来て以来はじめてのことだった。

日曜日の夜、幸久は勉強の手を休めてスマホを見た。天気予報によると、明日以降も雪は止《や》まないようだった。同級生たちがずっと家に閉じこめられていることを愚痴っていた。

美波の父の言っていたことが幸久の脳裏に浮かんだ。いま自分たちは数年前までの高校生とくらべて不利な状況に置かれている。学校にもろくに通えないし、将来も不透明だ。なんとなくわかっていたことだが、当事者でない人に言われてそれが本当のことなのだと実感した。幸久の目には同級生の名前とことばが並ぶタイムラインがどこか憐《あわ》れむべきものと映った。

彼はスマホをポケットに入れ、部屋を出た。居間に入ると、食卓で母がノートパソコンを使っていた。

「コーヒー飲もうと思ったんだけど、おかわりいる?」

母は手元のマグカップをのぞきこんだ。

「うん。ありがとう」

お湯が沸くのを待つ間、幸久《ゆきひさ》は母の向かいに座った。母がパソコンのキーボードから目をあげた。

「家にいるのもう飽きたでしょ」

幸久は頭を振った。

「冬休みがまた来たみたいでいいよ」

母はうなずき、またパソコンに向かう。

次の仕事はまだ見つかっていないようだった。試験前に「勉強してる?」と友人に聞くような調子で転職活動の進捗《しんちょく》を尋ねることはできなかった。年度末でホテルが廃業すると聞いたときには遠い先のことのように思われたが、年が明けてみるとそれほど猶予はなかった。

できあがったコーヒーをマグカップに入れ、部屋で飲むつもりで彼は居間を出た。階段をのぼっている途中で目の前が真っ暗になった。驚いて足を止めた拍子にカップの中のコーヒーが波打ってこぼれた。

「熱《あ》っつ！」

彼はこれ以上こぼさないよう、腰を落としてバランスを保とうとした。

「幸久！」

階下で母が張りつめた声をあげた。幸久は暗闇《くらやみ》の中でゆっくりとふりかえった。

「何なの、これ」

「停電！」

幸久は足を踏みはずさないよう、慎重に階段をおりて居間にもどった。照明の消えた室内がパソコンの画面から漏れる光にぼんやりと照らし出されていた。

母が壁を伝って歩み寄ってきた。

「さっき何か叫んでなかった？」

「コーヒーこぼしちゃって、手にかかった」

幸久が言うと、母は彼のカップを持つ手に顔を近づけた。

「水で冷やした方がいいよ」

幸久はカップを食卓に置き、台所で右手に水をかけた。冷たさに手の甲が痛み、水を止めると今度はちがった痛みに襲われる。

母が立ったままスマホをいじっていた。

「神奈川県全域で停電だって」

「いつ復旧するの？」

「わかんない。どっかで電線切れたのかな」

気のせいか、外の世界が動きを止めて静まりかえっているように感じられた。手に当たりシンクに落ちる水の音がやけに大きく響いた。

ずっと冷たい水に触れているせいか、エアコンが消えたせいなのか、体に震えが来た。

母がノートパソコンを閉じた。わずかな光が去り、居間が真っ暗になる。

「もう寝るわ」

「まだ十時だけど」

「Ｗｉ－Ｆｉ切れたからやることなくなった。これから寒くなるし、布団入ってあったかくしとく」

幸久《ゆきひさ》は水を止めた。流しにあった台拭《だいふ》きを持って居間を出る。

階段をスマホのライトで照らした。さっきのコーヒーは床に一、二滴こぼれているだけだった。彼は自分の体に目をやった。着ているスウェットの上下に大きな茶色の染みができていた。

「マジかよ……」

彼はため息をついて階段をのぼった。自室にもどってスウェットを脱ぐ。下に着ていたＴシャツにも染みていたのでそれも脱ぎ去った。裸になると、エアコンの消えた部屋の冷気が肌に刺さった。

ふと思いたってカーテンを開けた。外は家の中よりも暗かった。星明かりも雲に遮られ、降る雪だけが平板な闇《やみ》をわずかに乱す。人類が死に絶えたら「冬」はきっとこんな容貌《かたち》をしているだろうと彼は思った。

脱ぎ捨ててあったスウェットパンツからスマホを取り出し、彼は美波《みなみ》にメッセージを送った。

停電大丈夫?

すぐに返事が来た。

怖くて泣いてる

本当か?

ほんと

彼女から自撮りが送られてきた。暗い中で頬《ほお》を膨らませ、目の下に涙の粒のスタンプを貼《は》っている。

余裕の表情やんけ

返信してから彼は暗い天井を見あげた。ダサくて厭《いや》なこの家も、電気が消えれば他と変わりない。美波《みなみ》もきっと同じ闇《やみ》の中にいる。

彼はTシャツとフリースの上下を着た。さらにダウンジャケットを羽織り、レインパンツを穿《は》く。

部屋を出て一階におりた。居間に隣接する和室のふすまをノックする。

母は布団の上に座り、下半身を掛布団で覆っていた。スマホから顔をあげ、廊下に立つ幸久《ゆきひさ》を見あげる。

「どうしたの、その格好」

「ちょっとツレの様子見に行ってくる。家に一人だから」

彼は玄関の方を軽く指差した。

部屋が暗くなり、母がまたスマホの画面を点《つ》けた。

「ツレってこの間の子？」

幸久は唇《くちびる》をとがらせ、うなずいた。母は小さくため息をついた。

「あんまり遅くならないようにね」

「わかった」

幸久は座る母を見おろした。丸まった背中がいつもより小さく見える。スマホの画面に照らし出されて顔のしわが目立った。ここととは別の和室で寝起きしていた祖母の姿が想起された。母と祖母と、ずっと別のカテゴリーに属する存在だと考えていたが、自分も含めてひとつの流れの中にあるものなのだと実感した。いまがその時ではないが、いずれ母も老いて死んでいく。

「気をつけて」

幸久の口から出たことばに母が笑いだした。

「家にいる私が？」

幸久はほほえんだ。

「火の元とかね」

「火なんて使ってないよ」

「ならよかった」

彼はそっとふすまを閉めた。

家の外に出ると、いま自分がどちらを向いているのかもわからないほどに暗かった。彼はスマホのライトで足元を照らして歩きだした。寒さとはちがう痛みが走った。彼は道に積もる雪をつかみ、手の甲に押し当てた。

美波の家の玄関でチャイムのボタンを押した。すこししてから、チャイムの電源も切れていることを思い出した。

スマホでメッセージを送ると、彼女の足音が聞こえてきた。

ドアを開けて出てきた彼女がスマホのライトを向けてきた。まぶしさに彼は顔を背《そむ》けた。

「どうしたの?」

彼女がライトを足に向ける。

「心配だから見に来た」

「そんなに心配?」

「さっき泣いてただろ」

幸久《ゆきひさ》が言うと、彼女は顔を伏せ、笑った。

彼女の部屋は電気が止まっているのに暖かかった。石油ストーブから漏れるオレンジ色の光が部屋にあるものの輪郭をぼんやりと浮かびあがらせている。

「あんま停電の影響ないわ」

そう言って彼女はベッドに飛び乗った。

「心配して損した」

幸久は床に腰をおろした。部屋の中心にあるこたつが幅を利かせているせいで、彼は窮屈な格好で座らなくてはならなかった。朝のちょっとした時間や灯油が切れたときのため、美波《みなみ》はこたつをしまわずにおいていた。

しばらくふたりともことばを発しなかった。互いの表情が見えない暗闇《くらやみ》での沈黙はいつにも増して重苦しかった。ストーブの火が一瞬揺れて、部屋の中が小さく波打ったように感じられた。

冗談で「心配して損した」なんて言ったのがよくなかったのだろうかと幸久は思った。彼はダウンジャケットも脱がず、こたつと壁の間に挟まっていた。

「この家さ――」

美波が口を開いた。「やっぱ春までに売るみたい」

幸久はうなずいたあとで暗い中では意味がないと気づき、「そっか」と声を出した。

「一人暮らしも駄目だって言われた。日本に残るなら大学の学費も出さないって」

「うん」

「やっぱ甲府行こうかな。学費はおばあちゃんに出してもらうか、無理なら奨学金で。幸久とはなかなか会えなくなるけど、大学いっしょなら東京で会える」

彼女が深く息をつく。相手の体が見えない暗闇の中で幸久はそれを自分のものと錯覚した。

「ねえ、どっか行こうよ」

彼女の突然のことばは響きもせず、闇に漂った。幸久は痛みだした手の甲をさすった。

「どっかって?」

「どっか」

「鎌倉《かまくら》とか？　いまは修学旅行生とかもいないだろうな」

「いや、そういうのじゃなく、いまから行けるとこ」

「いまから？」

幸久《ゆきひさ》は彼女の声がする方に顔を向けた。

「そうだよ。いまから。せっかく停電なんだし、外どうなってるか見てみたい」

「せっかくって何だよ……」

彼女の立ちあがる気配がした。

「着替える。そっちから見えないよね？」

「え？　うん……」

彼女がベッドからおりた。こたつを迂回《うかい》し、クローゼットを開く。

ストーブの火に照り映えて彼女の体のラインだけが闇《やみ》の中に仄見《ほのみ》えていた。最初、部屋着で毛羽立ち膨れていたのが、滑らかでほっそりしたものに変わる。幸久はそこから目を背《そむ》け、ストーブの小窓を見つめた。オレンジ色の光に目を灼《や》かれてまわりの闇が濃くなっていった。

「さあ行こう」

ダウンジャケットを着た美波《みなみ》がストーブを消すと、どこか甘いにおいが立ちのぼった。

玄関のドアを開けた彼女は家の外と内を交互に見た。

「どっちも真っ暗」

スマホのライトで足元を照らしながら外に出る。庭に積みあげられた雪がぎらりと輝いた。光を空に向けると、暗い中から突如現れた雪が次々に降りかかってきた。

「絶好のデート日和だね」

彼女が笑いながらダウンのフードをかぶる。

「こんな暗黒デートある？」

歩きだそうとして彼女が幸久の右手を取った。

「いて」

彼は反射的に手を引いた。

「どうしたの？」

「さっき火傷《やけど》した」

反対側にまわった彼女と手をつないで歩いた。スマホのライトで照らし出されるそれぞれの足が競いあうように雪を踏む。

別荘の敷地から出ると、道が狭くて並んでは歩けなくなった。国道に至っては歩道が雪に埋まっている。ふたりは車道に出た。

幸久は首を振り、前後を何度も確認した。いまのところ走ってくる車はない。街灯も消えて真っ暗なので車のヘッドランプはよく目立つが、歩行者の方は闇に溶けこんでしまう。

「危ないから脇道《わきみち》入ろう」

いつものバス停を通り過ぎ、左に曲がった。住宅街の間を通る道だ。幸久《ゆきひさ》の小・中学校時代の友人もこのあたりに多く住んでいる。

左右の家の窓からぼんやりとした光が漏れていた。

「懐中電灯かな」

「うちもあのランタン出しときゃよかった」

ごく低い山の麓《ふもと》の辺だった。幸久の家は尾根を挟んだ反対側にあった。彼の家があるあたりは山が海に向かってくだっていくところで、いまいる場所はとなりの山との間にある谷の方へと緩やかに傾斜していた。道を行く彼の左手、山側の家々は、足元を擁壁で固め、厳《いか》めしく谷側の家を見おろしている。

「幸久の家はランタンとかある?」

美波《みなみ》は幸久に先行して歩いていた。もうスマホのライトは点《つ》けていない。

「仏壇の蠟燭《ろうそく》くらいしかない」

幸久は分岐して山をのぼっていく細い道に目を走らせた。

「うちにもあるかも。花火のときに使ったやつ」

「いつのだよ」

「小学生のときのかな」

「俺も小学生の頃は花火やったなあ、浜辺で。……いや、やっぱ高一のときやってたわ。中学時代のツレと」

高校に入ってから、中学時代の友人とはめったに会わなくなっていた。高一の夏休み、何人かで遊んだときも、微妙に話が嚙《か》みあわず、それっきり集まることはなくなった。

美波との関係もいずれそうなる予感がした。いまは「また会える」と思っていても、やがてあたらしい生活のあたらしい交友関係の方が大事になっていく。友人たちとのおしゃべりの内容を忘れてしまったように、いま美波と交わすことばも闇《やみ》に消えて残らない。

右手に立ち並んでいた家が途切れた。昼間なら谷の向こうにある山が見えるところだ。その山の中腹あたりに赤い光があった。窓から漏れる光とは大きさがちがうようだった。

「あれ何?」

美波が足を止めた。「あそこでイベントでもやってる?」

「こんな時間に?　あそこ、ただの住宅街だぞ」

幸久はスマホを構えてその光を写真に収めた。

ふたりは緩やかなくだりに変わった道を歩いた。暗くて何も見えない中では道路の傾斜がいつもよりもきつく感じられた。

ふたつの山の谷間を走る道は、さっきまで歩いていた国道だった。海のそばを走るときとくらべて、同じ二車線なのに狭く見えた。

国道を渡り、向かいの山にのぼる。山肌にあみだくじのような形で道がつけられ、そこだけで閉じていて山の向こうに抜ける道はない。

「この町って平らなとこないの？」

のぼり坂に美波《みなみ》が荒い息をつく。

「平らなのは海のそばだけだな」

幸久《ゆきひさ》は路面を踏み締め、靴のソールを雪に食いこませた。

ちらほらと道の両側に人の姿が目につくようになった。ダウンやコートをさっと羽織って出てきたというふうで家の前に立っている。見ていると、やがて彼らは幸久と同じように坂をのぼりだした。次第に道の上にいる者の数が増え、幸久たちも人の流れの一部となった。

美波が肩を寄せてきた。

「ねえ、やっぱこれ何かのイベントじゃない？　停電のときだけやるレアなやつ」

「どういうイベントだよ、それ」

坂をのぼっていくにつれ、妙なにおいがあたりに漂いはじめた。嗅《か》いだ経験はないが、なぜか胸がざわつくにおいだ。美波が彼の手を取り、強く握った。

水平方向に延びた道を行き、山頂に向かう方へ曲がると、空が明るくなった。となりを歩く美波の表情もかすかにうかがえる。彼女は幸久の目を見てほほえんだ。

降る雪までもはっきりと見えるようになってきた。高齢の男性が腰を落としながら早足で坂をおりてくるのとすれちがった。

左折すると、人だかりができていた。彼らの顔は赤く照り輝いて見えた。

一軒の家が炎に包まれていた。二階の窓から顔を出した火が反《そ》り返って軒を舐《な》める。火の粉が弾《はじ》け、降る雪と交錯した。中にドライアイスでも仕込んでいるみたいに壁と屋根の隙間《すきま》から白煙が噴き出した。空に立ちのぼる黒煙で闇《やみ》が蠢《うごめ》いて見えた。

「離れてください。危ないので離れてください」

警察官が火災の現場から野次馬を遠ざけようとする。

燃えている家は四角い造りで、いかにも別荘らしい美波の家とはちがって見えた。低い庭木は焼け焦げ、正面に停めてある白い車の屋根も黒ずんでいた。窓ガラスが弾け飛んで銃声のように響いた。家の中でも何かが破裂している。炎が屋根の上にものぼり、となりに建つ似たような形の家にも舌を這《は》わせる。軒からせり出していた雪が融けて崩れ落ちた。

美波に右手を強くつかまれた。

「いてて」

幸久は彼女の手の中から自分の手を引き抜いた。

「ごめん」

彼女の目は炎に向けられていた。赤く映じた横顔に睫《まつ》毛《げ》がいっそう濃かった。

手に手にスコップを持った一団が幸久たちの方へやってきた。曲がり角に立ち、坂の下に目をやる。

「消防車あっちから来るって？」

「うん。だからこの辺やらないと」

彼らは道の端にできた雪の山をスコップで削りはじめた。地面にこぼれた雪はバケツに詰めて坂の下へ運んでいく。二車線の坂道が左折して一車線に変わる場所で、道幅が極端に狭くなっていた。

金属のスコップを振るっている背の低い女性に幸久《ゆきひさ》は声をかけた。

「手伝います」

スコップを借り受け、彼は雪かきをはじめた。自分の背丈より高い雪山の足元を掘り崩す。暗闇《くらやみ》のせいか、まわりの人たちはこの地区にゆかりのない幸久が交じっていることに気づいていないようだった。彼は目測で自分の担当範囲を決め、そこの雪を一心に掘った。

地面に置かれたバケツを雪でいっぱいにすると、持ち去られて別のが置かれた。それにまたスコップで雪を放りこむ。

「もっとたくさん入れて」

声をかけられ顔をあげると、美波《みなみ》が立っていた。バケツを指差し、ほほえむ。

「全然足りない」

「持てるか？」

「だいじょうぶ」

幸久はバケツの縁からはみ出るくらいに雪を入れた。

美波は両手で持ったバケツを脚の間にぶらさげて坂をくだっていった。

「本当にだいじょうぶか?」

「だいじょうぶだいじょうぶ」

幸久は彼女の背中を見守っていたが、次のバケツが来たのでまた雪かきにもどった。

五人で取りかかったので、雪の山はすぐに取り去られた。

次に何をするのか、幸久が周囲の出方をうかがっていると、サイレンと鐘《かね》の音が聞こえてきた。炎とくらべて純粋に赤い光が坂をのぼってきた。

道の端に寄った一団に車から降りた消防士が頭をさげた。

「ご協力ありがとうございます」

消防車は無事に角を曲がることができた。

放水作業がはじまって、それに関わらない者たちは火災現場からさらに遠ざけられた。

美波が腕に触れてきた。

「もう行こっか」

先程の女性を見かけたので、幸久はスコップを返した。

「ご苦労様」

そう言われて彼は頭をさげた。

美波《みなみ》が坂をくだりはじめ、彼はそのあとに続いた。

スコップを握っていたせいか、右手の甲がひきつるように痛んだ。彼は手袋を脱ぎ、雪をつかんで甲に押し当てた。

自動車事故の現場に居合わせたときのことを彼は思い出していた。車の中で血を流していた人も、車に轢《ひ》かれた鹿《しか》のことも、彼は救えなかった。そのことがずっと心にひっかかっている。バイトの行き帰りにあの現場のそばを通るときには電柱が目に入らないようにしているし、あのときの鹿がぽつんと立っていそうで杜野《もりの》海水浴場には近寄れない。

それとくらべて、いまは気分が晴れやかだった。彼の力で誰かを救えたわけではない。実際に消火に当たるのは消防士で、彼はそのためのスペースを空ける手伝いをしただけだ。それでも彼の中には自分のできることをやったという満足感があった。

「あの家の人、どうなるのかな」

美波が体を大きく揺らして歩く。

「火災保険に入ってれば建て替える金は出るだろ」

幸久《ゆきひさ》は雪が融けて濡《ぬ》れた手の甲を掌《てのひら》で拭《ぬぐ》った。

「保険入ってなかったら?」

「そんときはどっかから借りてくるか、引っ越すしかないな」

くだり坂だが、滑って転ぶことを恐れてふたりの歩みは遅かった。長く火を目にしていたせいか、さっきよりも町は暗く見えた。

　国道を渡ったところで美波が足を止めた。

「ねえ、ふたりで作ったかまくら見に行かない？」

「いまから？」

　幸久は元来た方をふりかえった。いまとなってみれば炎にしか見えぬ光が依然あかあかと輝いていた。

「行こうよ。いまどうなってるか気になる」

「もう十二時だぞ」

「前に行ったときも遅い時間だった」

「帰ろう。停電した町はもう充分見た」

「これが最後だから」

　彼女の声色は頑《かたく》なだった。幸久はため息をついた。

「わかった。行こう」

　ふたりは住宅街に入った。家々の窓に見えた光はもうほとんどが消えていた。

　腕をひろげて歩く美波の指先が幸久の体に触れた。

「かまくら作ったの、あれが最初のデートだったね」

「そういえばそうだな」

幸久《ゆきひさ》は冷えて痺《しび》れてきた手に手袋をはめた。

「いま考えたら小学生のデートみたいだね」

「実際ガキにはウケてたな、かまくら」

「釣りデートは大人っぽかったよ。釣れなかったけど」

「いつかは釣れるようになる。海水温がさがって、北の海にいた魚介類が南下してくるから。そしたらこの町でもサケとかタラとかカニとかウニとか獲れるようになる」

「やば」

「まあ可能性の話でしかないけど」

「横浜行ったときはさ、三塔見えるの三ヶ所なのに四ヶ所って――」

「なあ」

不穏なものを感じて幸久は声をあげた。「どうした？　なんで急に回想モードなの？」

美波《みなみ》は彼のそばを離れ、何も応《こた》えなかった。

国道を歩き、家に帰る脇道《わきみち》を通り過ぎた。

県道と合流する交差点には波の音が響いていた。車の姿はどこにもない。ふたりは三叉路《さんさろ》を悠々と渡った。

長い塀《へい》に沿って歩き、公園に着いた。海に面する小高い丘にふたりはのぼった。

「これ……かまくらだよな？」

丘の上に作ったかまくらは雪に埋まり、頭だけが見えていた。踏んだときの感触でようやくそれと気づくほどだった。

「これ掘り出せる?」

「無理だな。考古学者とか呼ぶレベル」

ふたりは丘の上に立ち、海を眺めた。

海も雲に覆われた空も右手に見える岬も真っ暗だった。はるか彼方《かなた》に光が見えた。

「あの光ってるのって伊豆半島?」

「たぶん」

「幸久が生まれたのがあそこか」

「もっと内陸の方じゃないかな。知らんけど」

幸久はそのかすかな輝きに目を凝らした。

美波が海に向かって丘をくだりはじめた。

次の瞬間、落とし穴にでもはまったみたいに彼女の体が沈みこんだ。

「わはぁ」

彼女はバランスを崩し、斜面を転げ落ちていった。

「だいじょうぶか?」

幸久は彼女の方に一歩踏み出した。膝《ひざ》までが雪に埋まり、彼も前のめりに倒れた。斜面に見えたのは雪だまりだった。彼はここが石垣になっていて砂浜が一段低いところにあったのを思い出した。

足が抜けないので彼は水泳のように雪を掻《か》いて移動した。下まで落ちた美波《みなみ》が笑いながらそのさまをスマホのライトで照らした。

「びっくりした」

「靴の中に雪入った」

彼は起きあがり、体の雪を払った。

美波がライトを背後に向けた。

「海」

「うん」

「真っ暗」

「うん」

「波の音だけ聞こえる」

本当なら、夏の海に彼女と来たかった。学校が終わったら家から水着で浜まで来て、夕焼けや星空の下の波打ち際を彼女と歩いて、街の外から来た観光客が帰ったあともふたりはそこにいて——別の季節に出会っていたらどんなによかっただろうと彼は思った。そこには光と熱がふたりを祝福するように満ちあふれているはずだった。

美波がライトを消し、海の方へと歩きだした。

「幸久《ゆきひさ》――」

ちょっと離れただけなのに、もう彼女の姿は闇《やみ》に紛れて見えなかった。

「ん?」

幸久は声のする方に目を向けた。波音に交じって雪を踏む音が聞こえた。

「好きだよ」

彼女の声はささやくようだったが、はっきりと聞こえた。

「急にどうした?」

「幸久といて思ったことがある」

「思ったことって?」

「お母さんのこと。入院中、お父さんとか世の中のこととかの悪口ずっと言ってて、それを聞くのが苦痛だったけど、いまはすこしお母さんの気持ちがわかる。好きな人や場所から引き離されて死んでいくのはつらい」

「……うん」

「でもやっぱり私はああいうふうに終わりたくないって思った。人や世界を呪《のろ》いながら死んでいくなんて嫌《いや》だ。私はいろんなものを好きでいるうちに死にたい」

彼女の声はすこしずつ遠ざかっていった。

「待てよ」

幸久《ゆきひさ》は足音を追って歩きだした。

いくら歩を速めても彼女には追いつけなかった。彼はふりかえった。背後の町には光がなく、砂浜をどれだけ歩いてきたのかを測ることはできなかった。

「幸久――」

彼女の声に波の音が重なった。

「何だよ」

「好き」

「さっきも聞いた」

「私はこの町も好き。できればずっとここにいたかった。幸久といっしょに」

彼の脳裏に彼女の言っていたことがよみがえった――「これが最後」「いろんなものを好きでいるうちに死にたい」

彼は闇《やみ》に向かって呼びかけた。

「美波《みなみ》――」

返事はなかったが、彼は続けた。「美波の言いたいことはわかる。これからやろうとしていることも」

「本当に？」

彼女の声はさっきよりも近く聞こえた。

「ああ。俺も同じことをしようと思ってたから」

「冬」がはじまって以来、彼はつねに死を意識していた。

バイトに通う道で暗い海に引き寄せられるのを感じた。雪かきをするとき、倒れこんでそのまま雪の中に埋もれる自分を想像した。夜寝るとき、朝になっても目がさめないことを願った。

「冬」が終わらないのなら自分が終わってしまえばいいと思った。

「でも、美波がいたから生きてこられた。俺の手をひっぱって外に連れ出してくれた。雪で覆われたみたいに真っ白で真っ平らで何もない日々に生きてる印をつけてくれた。今度は俺の番だ。俺がうしろから美波の手をひっぱってここに引き留める」

足元の感触が変わった。柔らかいものを踏み抜いていたのが、わずかに沈みこむだけになる。

「俺、大学行くのやめようと思ってる」

濡《ぬ》れた砂は彼の足をしっかりと受け止めた。

「母親がホテルで働いてるんだけど、そこ三月で潰《つぶ》れるんだ。だから早いとこ家に金入れられるようになりたくて」

波の音が迫ってくる。

「でもそれだけじゃない。もっと大事なのは、あたらしいことをはじめるってことなんだ。このまま大学行って四年間いまみたいに金のこととか先のこととかぐだぐだ考えて立ち止まってるくらいなら、動いた方がいい。その方が俺には合ってる」

きっかけは美波《みなみ》の父に会ったことだった。彼と話して、美波が幸久《ゆきひさ》と別の世界に住む人間であることをはっきりと認識した。同じ学校に通い、同じバスに乗り、同じ町に住んで、あまりに近くにいたので、ちがいに気づかなかった。

そのちがいを自覚してみると、まわりに合わせて進学することを既定のことと考える必要もなくなった。それもひとつの選択肢に過ぎないのだ。

ふたりは別々であってもいい。

砂の上を滑るようにやってきた波が爪先《つまさき》に触れた。一度引き、水かさを増してもどってくる。防寒ブーツの化繊綿に水が浸みこみ、靴下を濡《ぬ》らした。その冷たさに彼は次の一歩をためらった。

「俺はずっと将来を悲観していた。世界はこの先どんどん悪くなってく一方なんだって。でも美波がいるなら、俺はこの世界をちょっとだけ好きでいられる。この終わらない『冬』に抗える。だから、どこでもいい、この世界のどこかにいてくれ。たとえそれが俺の手の届かない場所であっても」

靴を撫《な》でるだけだった波が足首までを浸した。レインパンツが水をはじき、その下のフリースが水を吸う。肌を刺す冷たさが足にまとわりついて離れなくなる。

「美波、聞こえるか?」

彼は深みへと進んだ。脛《すね》に当たっていた波が膝《ひざ》を越え、腿《もも》を押すようになる。水の冷たさに体の芯《しん》が痺《しび》れた。火傷《やけど》の痛みとはまるでちがった。

「幸久、こっち」

沖の方から声がした。「もう動けない。冷たくて足の感覚がなくなった」

「いま行く。待ってろ」

彼は腕を大きく振り、重たくなった脚をなんとか前に運ぼうとした。波が正面から腹に当たって飛沫《しぶき》が顔まで跳ねた。

波音の合間に荒く息をつく音が聞こえてきた。

「美波、そこか？」

彼が手を伸ばすと、重たく柔らかいものに触れた。彼女のダウンジャケットはすっかり水を吸ってしまっていた。

つかんだところが腕だったので、彼はそのままひっぱり、彼女を抱き寄せた。水の中でもはっきりわかるほど彼女の体は震えていた。

「だいじょうぶか？」

「うん」

「帰るぞ。足が動かなくても、俺が連れて帰る。いいな？」

「うん」

彼女の歯の鳴る音が聞こえた。

波に揺られて彼の体が浮いた。水底から足が離れたが、体が強張《こわば》り、もがくこともできなかった。

次の波はもっと大きかった。頭の上からのしかかるようにやってきて、彼を水中に押しこんだ。

彼は水中でひっくり返った。耳の中がごうっと鳴り、まるで海の中の音がすべて流れこんできたようだった。彼は元の体勢にもどろうと手足をばたつかせた。濡《ぬ》れたダウンジャケットが重くて動きがままならない。

水の上に顔を出し、咳《せ》きこんだ。塩で目と鼻と喉《のど》が痛い。

「美波《みなみ》？」

彼は周囲を見まわした。水の撥《は》ねる音がしたのでそちらに泳いでいく。

突然、服をつかまれ、水中に引きずりこまれた。いったん振り払い、浮上してから彼女の腕をつかむ。

「落ち着け。だいじょうぶだ」

しがみついてくる彼女をいなしながら彼は姿勢を維持しようとした。海には慣れているが、ここまで厚着をして泳ぐのは経験がなかった。

やがて彼女がもがくのをやめた。彼の腕につかまりながら乱れた呼吸を整えようとする。

「幸久《ゆきひさ》、ごめんね」

「いいんだ」

ふたりは闇《やみ》の中に浮かんでいた。波に揺られ、上下の感覚があるだけで、陸地がどちらの方角にあるのかもわからない。体温が低下し、手足が動かなくなるにつれ、思考も停止していく。大きな生き物に丸呑《の》みにされたらこういう感じだろうと彼は思った。ここは「冬」の腹の中だ。もはや抵抗する気も起きない。結局、「冬」には勝てなかった。最初から勝ち目などなかったのだ。

「本当にごめん」

彼女が言う。

答えようとした幸久の顔に大きな波が当たり、口に水が流れこんできた。彼の体は浮力を失った。

さっき沈んだときにはもがくこともできたが、いまはもう手足が動かなかった。ジャケットとブーツの断熱材は水を吸って重く、防水のパンツは内側に水を閉じこめる。彼の体を守っていたものが海の中では彼を裏切り、しがみついてともに沈んでいこうとする。

波の上にいるときとちがい、彼の体を打つものはなかった。地上の重力から脱し、自由だとさえ彼は思った。

美波の手が胸に当たっていた。波の上で彼女は「ごめん」と言った。彼女と幸久、どちらが悪かったのだろうか。どちらが相手をここまで引きずりこんだのか。因果をたどろうとすると、あらゆるものがそれらしく見える。だがもう彼にはどうでもいいことだった。やがて体に残るわずかな熱も冷たい海水に溶け、何の理屈も届かない場所に行く。

突然、目の前が明るくなった。それではじめて彼は自分が目を開けていたことに気づいた。光が海面から射し、彼の体にまで届いていた。

彼の手と足が水を掻《か》いた。光に向かって進むことが種《しゅ》としての本能に刻まれているかのようだった。美波《みなみ》の服をつかみひっぱると、力なく浮かびあがった。

海面から顔を出したとき、先程までとはちがって、どの方角に行くべきかはすぐにわかった。町に明かりがもどっていた。まばらな街灯と、さらにまばらな、まだ誰か起きている家々の照明しかなかったが、闇《やみ》に慣れたあとでは目がくらむほどだった。彼のいまいるところからは驚くほど遠く、だがふしぎと温かみが伝わってくる気がした。

光が美波の顔を照らした。そこに血の気はなく、温かさもまだもどっていないようだった。彼女を抱《かか》えるようにして幸久《ゆきひさ》は岸に向けて泳ぎだした。波が彼らを引きもどそうとするが、構わずに水を掻く。この海で習いおぼえた技術だった。「冬」になってもそれを忘れることはない。

水底に足が着くようになると水面から出た体に風が当たり、かえって寒かった。水からあがって、彼は雪に覆われた砂浜に座りこんだ。かじかむ手でダウンジャケットのジッパーをおろし、その場に脱ぎ捨てる。死んだ軟体動物のようにダウンは雪の中に落ちて動かなかった。波が雪を融かして砂を露出させているところに美波が倒れていた。仰向けの彼女は寄せる波に浮き沈みして見えた。

幸久は這《は》っていって彼女の顔をのぞきこんだ。町に近づいたのに光が届いていないかのように暗く見えた。

「美波……だいじょうぶか?」

彼は彼女の頬《ほお》を叩《たた》いた。最初はおそるおそる、撫《な》でるようだったが、反応がないので最後には心が痛むほどに強く打った。

彼女が身をよじり、咳《せき》をした。砂浜に手を突き、身を起こそうとするが、その途中でまた咳《せ》きこみ、水を吐く。幸久は彼女の背中をさすった。

彼女は顔をあげた。海水や涙で濡《ぬ》れて、かすかに輝く。

幸久は座りこみ、彼女を抱き締めた。濡れた服から水がにじみ出た。

「電気もどったんだ」

耳元で聞こえる彼女の声は震えていた。

「うん」

「こんなに明るかったっけ」

「俺も驚いてる」

震えの止まらぬ体は重なりあってもそれを打ち消せなかった。それでも密着した肌が次第にぬくもってくるのを彼は感じた。

彼女が小さく鼻をすすった。

「さっき幸久《ゆきひさ》言ってたよね、この世界のどこかにいてくれって」

「うん」

「幸久はどこにいるの?」

「俺はこの町にいる。そう決めたんだ」

彼は歯の根が合わぬのをぐっと嚙《か》み締めて押し殺した。

「私もどこかにいていいのかな」

「いいよ。俺が決めた」

「幸久が?」

彼女がくすっと笑う。

「ああ。海の中から連れて帰ってくるときにそう決めた。いいよな?」

彼女が身を離し、彼を見つめた。

「うん」

彼は彼女に口づけた。唇《くちびる》を離したあとで、頰《ほお》を撫《な》でる。

「ねえ——」

彼女が彼の手に目をやる。

「何？」

「震えてる」

水に濡《ぬ》れたところを外気に晒《さら》されて、彼の手はすっかり感覚がなくなってしまっていた。彼女の頬を撫でるにも、ただ押し当て、ぎこちなく動かすことしかできない。

「そっちも震えてる」

彼は彼女の唇を見つめた。見ている分にはわからないが、さっき唇と唇が触れあったとき、はっきりとそれを感じた。

彼は濡れた砂に手を突き、立ちあがった。波に浸かっていた脚が風に吹かれて冷えた。水中に沈んでいたときに感じたときのとはまた別の、とげとげしい冷たさだった。海の水は凍りつきそうなほどに冷たかったが、その中にいるとふしぎな静けさ、穏やかさに包まれた。あのときの感覚は一生忘れられないだろうと彼は思った。

「帰ろう」

彼は手を差し伸べた。

「うん」

彼女がその手をつかむ。かじかんで強くは握れないが、引きあげて抱き寄せた。

ふたりは塩辛い雫《しずく》を垂らしながら歩きだした。脚も強張《こわば》りふらついて、まるでこの世界に産み落とされたばかりのようだった。

「寒《さ》みー」

「これ服脱いだ方がマシか?」

鮮やかな光がふたりを祝福するでもなく、遠くで町を照らしていた。それが自分たちのためのものでないことを逆に彼は救いのように感じていた。

第六章

ワイパーの規則的な動きを見ているうちに幸久《ゆきひさ》の意識は遠くなっていった。

高校時代の夢を見た。下校するバスの中、何かに遅れそうで焦っている。バスが加速して、ボディが弾《はじ》けてばらばらになるかと思うほど激しく揺れる。

クラクションの音と、前につんのめる感覚で彼は目をさました。

運転席の尾形《おがた》が舌打ちをする。

「あっぶね。婆《ばあ》さん飛び出してきてひっかけるところだったわ」

「危ないッスね」

幸久は目をこすり、座りなおした。

「雪山の陰から急に来たから全然気づかんかった。マジでビビった」

トラックがふたたび走りだす。加速してボディが激しく揺れる。

長距離トラックとはちがい、内装はほとんどカスタムされていなかった。目につくのは茶色いハンドルカバーくらいのものだ。それでも、すぐ手の届くところにあるタオルやコンソールボックスに刺さったコンビニの割り箸《ばし》やおしぼりがこの空間の所有者を明示している。助手席の幸久は一時的に滞在を許された客分でしかない。

「お疲れだね」

尾形は前方を見つめたまま言う。

幸久は頭をさげた。

「すいません、寝ちゃって」

「今日長かったからなあ」

除雪作業は深夜二時から朝までかかった。作業をするのは出海町《いずみまち》と契約している地元の建設業者だが、それだけでは人手が足りないので、町職員の幸久も駆り出されて誘導を行った。

進学校である横須賀西《よこすかにし》高校には就職を希望する生徒がどの年度も皆無だったので、就職指導のノウハウがなく、推薦枠もなかった。大雪対策で道路河川課の職員募集が例年より多かったのは幸久にとって幸運だった。

トラックは杜野《もりの》海岸線を走っていた。朝日が差して、尾形がサンシェードをおろした。

「天城《あまぎ》くん、このあとも仕事?」

「ふつうに定時までです」

「公務員ブラックすぎ」

「尾形さんは?」

「俺は子供を保育園に送って、それから寝る」

「お子さん肺炎だいじょうぶでした?」

「それ真ん中の子。もう昨日から学校行ってるよ。たいへんだったわ、嫁さん休めねえし」

「子供三人ってたいへんッスね、マジで」

「まあ意外とやれるもんよ」

尾形《おがた》は三十八歳で、社会人としてのキャリアは幸久《ゆきひさ》よりずっと上だ。新人の頃は現場でよく叱《しか》られたし、車に同乗するときにはいつもびくびくしていた。いま彼は社会人三年目になり、尾形と対等に話せるようになってきた。相手が格上であることに変わりはない。ただ幸久は自分にできること・できないことの範囲を知り、尾形の側にもそれがあることもわかってきた。自分にできることを相手に差し出し、できないことを相手に補ってもらうというやりとりに上も下もない。

彼には自分のできることが今後ひろがっていく予感があった。その変化は突然訪れるのではなく、目に見えぬほどの緩やかさでいまこの瞬間も起こっている。それが彼にはうれしかった。

県道と国道が合流する三叉路《さんさろ》に来て、尾形はトラックを止めた。

「ここでいい？」

「いつもありがとうございます」

幸久はドアを開け、路肩の雪だまりの中に飛びおりた。

「お疲れ」

「日報早めによろしく」

「はぁ～、めんどくせ」

尾形が顔をしかめ、笑った。

雪を積んだトラックを見送り、幸久は歩きだした。

レインスーツの上の安全ベストは着けたままだった。蛍光《けいこう》イエローの反射材は明けた空の下では光を放たない。そのまわりのオレンジは雪景色の中で大袈裟《おおげさ》なほど浮いて見えた。

脇道《わきみち》に入り、細い坂道をのぼっていく。いつもの帰り道だ。

彼はこの町から出られなかった。

高校の同級生たちは皆大学に通っている。慧《けい》や恒太朗《こうたろう》とはもともと地元が別なこともあり、卒業以来会っていない。もし大学に行っていたらどうなっていたか、想像することがある。SNSで見るような楽しいキャンパスライフを送れるとは思えないし、高校時代の延長で自分の無力さに打ちひしがれるだけの日々を送るだけのことだろう。どこへ行っても彼は彼のままで、「冬」は「冬」のままだ。

自宅の前は雪に埋まっていた。幸久は玄関まで雪を漕いでいき、建てつけが悪くなった引き戸を開けた。傘立てのスコップを手に取り、また外に出る。いま足跡をつけたばかりの雪を掘り返していく。体を動かすと、芯《しん》の部分に疲れが溜《た》まっているのを感じた。それに構わずスコップを振るい続ける。経験上、これくらいの方がよく動けると知っていた。

家までの通り道を作ったあとで、表の道路の雪も掻《か》く。雪を押しあげるようにして坂をのぼっていくと、顔の下半分を髭《ひげ》で覆った厳《いか》つい男と出くわした。

「お疲れ。早いね」

「あ、後藤《ごとう》さん。おはようございます」

幸久《ゆきひさ》は手を止めてお辞儀をした。

「この前ありがとね。お母さんも来てくれて」

「コーヒー美味《おい》しかったです」

「それはよかった」

後藤は幸久のご近所さんで、海のそばにあるカフェを経営している。朝、雪かきをしていて何度も顔を合わせ、次第に会話を交わすようになった。

「いまネコ出すね」

後藤が一輪車を押してくる。彼はＤＩＹが趣味で、カフェや自宅の古民家も自分の手でリフォームしていた。

ふたりで道路の雪を一輪車に載せた。後藤はバックカントリースキー用だという金属製のスコップを使う。一輪車がいっぱいになると、彼が国道沿いの雪捨て場に捨てに行く。

近所の雪かきを幸久は日課にしていた。細い道は誰かが雪かきをしないとすぐに通行できなくなった。

後藤が空《から》の一輪車を押してもどってきた。

「仕事帰り？」

幸久の服を見て言う。

「深夜の除雪作業です」

「たいへんだね」

「仕事ですから」

幸久は笑った。

「また店にも来てね」

「今度ツレと顔出します」

後藤と別れて、幸久は坂をのぼっていった。

真瀬《まなせ》家の別荘は門が雪の山になかば埋まっていた。山の上からジャンプすれば門を越えて敷地内に入れそうだ。

幸久はスコップで山を掘り崩した。門の全体が雪の下から現れると、鍵を開ける。

美波《みなみ》の父はこの別荘を手放さなかった。シンガポール行きの交換条件として美波がここを売らないよう求めたのだった。

幸久は別荘の鍵を預かっていた。防犯のために毎日門の前の雪かきをし、たまに中に入って屋根の雪をおろしたりする。

彼には仕事がある。自宅や近所の雪かきもしなくてはならない。それらとちがって真瀬家の別荘の雪かきは彼にとって義務ではないし、お金が発生するわけでもなかった。いってしまえば無駄な行為だ。

その無駄にすがって彼は生きてきた。ともすれば「自分以外のことなど知ったことか」と世を拗《す》ねてしまいそうになる彼の頭を、無駄な作業でかく汗が冷やしてくれた。自分の領域の外にも世界はあり、それに対して彼はわずかながらではあるが責任を負っている。

そのことに気づいたとき、彼は自分が大人になったと感じた。

彼は門の内の道をスコップで切り拓《ひら》いていった。

林を抜けると明るかった。

別荘の前面を覆うガラス窓は積もる雪で塞《ふさ》がっているが、軒下に生じたわずかな隙間《すきま》から光が漏れていた。

玄関先で雪かきをしている人が見えた。グレーのロングコートを着て、首元には見おぼえのあるブラウンのマフラーを巻いている。最後に会ったときよりも髪が長かった。

「早いな」

幸久《ゆきひさ》は彼女に声をかけた。

彼女がスコップを持つ手を止め、顔をあげた。

「昨日の夜着いた」

「今週末って話じゃなかった？」

た。


「天気悪くて飛行機飛ばなそうだから早めに来た」

美波《みなみ》はあの停電の夜から一月後にこの町を去っていった。それ以来、この別荘は空き家だっ
美波がスコップを雪に突き立てる。

「転入届っていま出していい？」

「役場に行けよ」

「でも公務員でしょ？」

「いるんだよな、職員に言えばその場で手続きとかできると思ってる奴《やつ》」

幸久はスコップを肩に担ぎ、彼女に歩み寄った。降る雪に霞《かす》む彼女の顔が次第にはっきりと見えてくる。それはこの三年間、毎日思い浮かべていた顔のどれとも似ていなかった。

彼女が彼を指差す。

「そのベストいいね。Cool」

「急にいい発音」

「どうしたの、それ」

「仕事だよ」

「仕事って何？」

「雪かき」

「好きだね、雪かき」

「好きじゃないよ」

彼は担いだスコップに目をやり、また彼女を見た。「いや、やっぱ好きなのかもな」

彼女はほほえみ、一度別荘の方をふりむいた。

「コーヒーでも飲んでく?」

彼も窓の明かりを横目に見た。

「いや、帰るよ。今日、朝飯の当番なんだ。母親がいま介護やってて、これから夜勤明けで帰ってくる」

「そっか」

彼女はうなずいた。「今日はこのあと仕事?」

「うん。美波《みなみ》は?」

「私は役所行ったりいろいろやって、明日こっちの先生に会ってくる。紹介状持って」

「忙しいな」

「平日は大学行くのに東京のマンション泊まるかも。土日はこっち来る」

「留学は一年間だっけ?」

「うん」

「そっか」

彼は雪に埋まった庭を見遣った。

時間にはいつだって限りがある。彼女と過ごした四ヶ月からそれを学んだ。

彼は次のことばをさがした。離れ離れになっていた間のことは何から話せばよいのか迷う。

だが焦ることはないのだと思いなおした。よいことはゆっくりやっていけばいい。彼女と会えない三年間で学んだことだ。

「もう行く」

「うん」

ふたりはうなずきあった。

彼は門の方に歩きかけ、ふりかえった。

「おかえり、美波」

「ただいま、幸久《ゆきひさ》」

彼女は笑った。

彼は歩きだした。細かい雪がさらさらと彼の服を滑り落ちていく。降る雪は彼女が町にもどってきても変わるところがなかった。きっと今夜も積もり、道を塞《ふさ》ぎ、彼の仕事を増やす。彼はそれでいいと思った。

ひとり雪かきする音が彼の背後で聞こえていた。

了

あとがき

どうしたらいいんだ。

外を歩くときにＹｏｕＴｕｂｅの音だけイヤホンで聞きながらニヤニヤしたり「うんうん」「たすかる」などと口の中で小さくつぶやくのが癖になってしまったのだが、マスクを着けなくてよくなったらニヤケ顔独り言ＶＴｕｂｅｒ好き深夜徘徊の途中コンビニで買ったシュークリームムシャムシャおじさんというモンスターが誕生してしまうではないか。

時が流れ、いろんなことが変わっていく。

一方で変わらないものもある。

本作を書きはじめたときに担当だった小山《こやま》氏がガガガ文庫を去ったが、インスタのおすすめアカウントのところに彼の謎《なぞ》のイキリ写真がいまも変わらず表示され続けている。

せっかくだしフォローしようかとも思うが、俺のインスタ垢は世界中のあたシコ美女のみをフォローするという極めて禁欲的な方針に基づき運用されているので。例外を認めるわけにもいかない。

あるものは変わり、あるものは変わらない。その中で守り続けたいものが心の内にいつもある。

そういうことを書きました。

ブラジル美女が公園で撮った動画の背後に映るクソデカイグアナを見つめながら

石川《いしかわ》博品《ひろし》

先生とそのお布団

著／石川博品《いしかわひろし》

イラスト／エナミカツミ
定価：本体 593 円＋税

ライトノベル作家・石川布団には「先生」がいた。
彼は先生の見守るなかで小説を書き、挫折をし、そしてまた小説を書き続ける。
売れない作家と「先生」と呼ばれる猫がつむぎ合う、苦悩と歓喜の日々。

GAGAGA
ガガガ文庫

冬にそむく

石川博品

発行　2023年4月23日　初版第1刷発行

発行人　鳥光 裕

編集人　星野博規

編集　濱田廣幸

発行所　株式会社小学館
〒101-8001 東京都千代田区一ツ橋2-3-1
[編集]03-3230-9343　[販売]03-5281-3556

カバー印刷　株式会社美松堂

印刷・製本　図書印刷株式会社

Printed in Japan　ISBN978-4-09-453122-0